つくもがみ笑います

畠中 恵

角川文庫
22333

つくもがみ戦います

序

おや、初めまして。

我らの物語を読み始めた御身《おんみ》、会いに来てくれて嬉《うれ》しいぞ。わたしは野《の》鉄《てつ》という者だ。これからよろしくな。

それにしても、こんなところで会うとは思わなんだ。わたしと仲間は今、薄暗く、誰も居ない妙な場所に放り込まれて、呆然《ぼうぜん》としていたところなのだ。

それでも拾った棒を構え、辺りをうかがっておった。そんな時、お主《ぬし》と会ったというわけだ。

考えてみれば、今、のんびりと挨拶《あいさつ》をするのも妙だよなぁ。でも御身とは初めて会うのだもの。出会いは大事にしたいよな。

おや、御身は、我らがあまりにも小さく、しかも変わったなりをしているというのか？　人とは大きく違うと。

そりゃそうだ。この身は、いわゆる付喪《つくも》神《がみ》だもの。ほれ、周りに四人ばかりおる仲間も、皆、付喪神の仲間だ。掛け軸の月夜見《つくよみ》、姫様人形のお姫《ひめ》、櫛《くし》のうさぎ、根付けの猫神《ねこがみ》という。そしてわたしも根付けだ。よろしくな。

ほお、お主は付喪神を知らぬのか。そもそも付喪神というのは……そう、平たく言えば妖《あやかし》だ。ただの品物でも、人から百年以上大事にされていると、人ならぬものになったりするのだよ。つまり我らは、それはそれは素晴らしい品揃《ぞろ》いの、立派な妖達なのだ。

そして……。

おわっ、誰かが、この薄暗い場所に入ってきたぞ。済まぬ、御身、隠れてくれ。やってくる者が我らの味方かどうか、分からないからだ。先ほど言っただろう？　我らは今日、この場所に、来るはずではなかった。一体、何が起きたのか、まだ摑《つか》めていない。用心が必要なのだ。

我ら付喪神は今、品物を貸して、その代金を稼ぐ損料屋、出雲屋《いずもや》に住んでおる。そしてな、付喪神は偉いので、店主達を養う為、時々貸し出されてやっておるのだ。

よって今日もいつものように、馴染《なじ》みの料理屋へ行くため、皆で、品物を運ぶ行李《こうり》に入った。そして……着いて行李から出てみたら、何故《なぜ》だかこの薄暗い場所へ来ていたわけだ。

ここが鶴屋《つるや》でないことは、一目で分かった。鶴屋は繁盛している、賑《にぎ》やかな料理屋で、主《あるじ》とも顔見知りだ。だが、ここには窓すらないし、誰もいない。

一体ここは、どこなんだ？

そうした時、御身と出会い……次に誰かが入ってくるのに、気が付いたわけだ。

おや。これは驚いた。今、入ってきた者達だが、やはりわたしの知り合いではない。

そしてあいつらは……人ですらないぞ。

付喪神ではないか！

三人いる。小刀、茶碗《ちゃわん》、木彫りの馬だ。おや、真っ直《す》ぐに、我らが入っていた行李へ近づいてきた。つまり、我らがここにいることを、承知しているに違いない。

おお、やはりだ。声を掛けてきた。

「出雲屋の付喪神方。よく来た。この声、聞いているな？　分かるだろう？　我らも付喪神だ」

まずは挨拶がきたか。ちょいとほっとするな。だが待て。現れた付喪神達ときたら、妙なことを言い出したぞ。奴《やつ》らは、他の付喪神を集めているところだというのか。

は？　集める？　何故だ？

「我らは、直しの付喪神だからだ」

「直し？　お主、どこか壊れておるのか？」

ここで月夜見が、思わずといった感じで、行李の後ろから立ち上がった。そして、それは大事《おおごと》だと、話していた小刀へ言葉を向ける。付喪神は己の本体を損なうと、妖で居られなくなることが、多々あるのだ。

　すると、鞘《さや》に美しい模様をまとった小刀は、怒ったような顔になった。

「馬鹿を言うな。わしはどこも壊れてはおらぬ。直す物が違う！」

　小刀は、ここで阿《あ》真《ま》刀《とう》と名乗ると、とんでもない言葉を続けた。

「今は、良き世の中ではない。我ら付喪神など、人からとんでもない目にあわされておる」

　ここで、そうだそうだと、阿真刀の連れ達が頷《うなず》く。茶碗が、己は文字《もじ》茶《ちゃ》だと言い、馬の置物は青馬《あおま》と称した。そして出雲屋の面々も同じ付喪神だというのに、損料屋で毎日、無理矢理働かされているのだろうと、話を継いでくる。

「我らはもう我慢できぬのだ。付喪神達の明日を安らかにする為、この阿真刀達がきっと直す。人の力さえ利用し、何とかする。そう決めたのだ」

　だから、店で使われていると聞いた出雲屋の皆を、まずはここへ運んだ。阿真刀はそう言ってきたのだ。

「もう人の為に、働くことなどないぞ」

　わたしと月夜見、お姫、うさぎ、猫神は、行李の陰で、顔を見合わせることになった。

「直すとは、世直しをするということだったのか。そりゃ、ご苦労なこった」

これは大きく出たなと、月夜見が息を吐く。眼前の付喪神達は、世の理《ことわり》を、己に都合良く、変えようというのだ。

「御身らには、大変な明日が待っているだろうな」

それは、人との戦《いくさ》さえ起こしかねない、大事だからだ。月夜見は両の腕を組む。

「大言壮語は構わん。だが阿真刀殿、我らはお主の志に興味はないのだ。だからさっさと、鶴屋へ帰してくれ」

料理屋への到着が遅れては、賃料が半日分、貰《もら》えなくなってしまう。そうなったら、出雲屋の跡取り息子十夜《とおや》は、付喪神達へのお八つの芋を、差し入れてくれないかもしれない。

「大いに迷惑だ！」

すると阿真刀は、月夜見を睨《にら》んできた。

「いや帰ること、まかりならん。帰ったらお主達もじき、壊されてしまうぞ。とりあえず、江戸にいる付喪神達は身を守る為、我が志の下に集まるべきなのだ」

「はぁーっ？　正気か？」

この野鉄、思わず低い声を出してしまったわ。

おや御身も、頷いてくれるのか。そうだよな。馬鹿をやるなら、己達の責任で突っ走らねばならん。無理矢理、他の付喪神を巻き込んだとて、上手《うま》くいくはずもないわ。

ここでお姫が、困ったようにつぶやいた。

「どうしましょう。勝手に帰りたいけど、わたし達、道が分からないわ」

すると猫神が、尻尾《しっぽ》を振りつつ言う。

「お姫、帰る為には、もっと大きな問題があるのだ。あの阿真刀という者、我らを本気で、ここから逃さない気だ」

猫神とうさぎは、この薄暗い場所と阿真刀の言葉に、うんざりしたのだろう。それで影の内に入り、さっさとこの部屋から出ようと試みたらしい。

ところが、だ。うさぎが言葉を続ける。

「影へ、入れないんですよ。あたしも猫神さんも、駄目でした」

多分、妖封じの護符か何かで、この建物を封じてあるのだ。それを聞いた月夜見が、眉根《まゆね》を寄せた。

「何と。では、世を変えるという阿真刀らには、人の味方もおるのではないか？　妖封じの護符など、妖が扱えるはずもない」

そういえば今、人の力を使うとか言っていた。わたしは、真っ直ぐに阿真刀を見た。

「あんた、本気で世直しをする気なんだね。無謀だろうがなんだろうが、このお江戸を、ひっくり返すつもりなんだ」

「やっと、我らの決意を理解しましたか」

青馬の返答を聞き、これは、えらいことになったと、我ら付喪神は目を合わせた。簡単には部屋から出られそうにない。

「今日、五位《ごい》が付いてきてなかったのは、幸いだったな。あいつがその内、我らの居場所を、突き止めてくれるかもしれん」

そうなれば帰れると、わたしは言ってみた。だが、他の四人は顔をしかめる。

「五位は今日、我らを、怒ってましたよ。直ぐに捜してくれるでしょうか」

「あいつは仲間だ。もちろん捜してくれるさ」

出雲屋の主清次《せいじ》も、跡取りの十夜も、皆がいなくなったことには、早々に気付くだろう。だが問題は、その後なのだ。

「あいつら、人だからなぁ。ちゃんと我らを見つけることが出来るか、心配だ」

そうだ。あの、御身。今、こうして我らを見ている御身なら、この場所がどこなのか分かるのではないか？　あの……ああ、駄目か。

ならば仕方ない。我らは己の力で、何とかこの危機から抜け出さねばならないようだ。

「店に帰りたければ、阿真刀達と戦でもして、それに勝つしかないな」

我ら出雲屋の面々と、敵方の付喪神達は、睨み合うことになった。

1

損料屋出雲屋に残っていた付喪神達が、料理屋鶴屋へまとめて貸し出された日。付喪神仲間の一人、五位が一緒に行かなかったので、十夜は心配した。

十夜は今十五だ。跡取りとして、付喪神達を沢山置いている損料屋、出雲屋で働き始めてから、もう三年近くになる。

付喪神達とは赤子の頃からの付き合いで、幼なじみの市助《いちすけ》やこゆりを交え、ずっと遊んできた。三人と付喪神は、妖と人という立場ながら、友なのだ。

父の清次もそのことを承知しており、今年から付喪神のことは、十夜が万端、受け持つことに決まった。よって今日も帳場近くで、清次ではなく十夜が、付喪神が入っている木箱と向き合っているのだ。

「ねえ五位。何で、皆と一緒に出なかったの？」

付喪神が嫌がる時、十夜は、無理矢理貸したりはしない。貸した先で、拗《す》ねたり怒ったりして、大騒ぎになったら困るからだ。

しかし十夜は五位の不機嫌を、放っておいたりしなかった。付喪神は威張りんぼうだし、お八つを一杯欲しがるし、泣き虫でもある。その上、直ぐに寂しがる。何か困っているのなら、まずは話したいと思っていた。

「五位ってば、今日はわたしとも、口をきかない気かい？」

すると、かたりと音がして、木箱が少しだけ開き、五位が煙管《キセル》の雁首《がんくび》を見せた。十夜は手を伸ばし、猫でも撫《な》でるように、ちょいちょいとその雁首を撫でてみる。すると五位が、ようよう顔を向けてきた。

五位は煙管の付喪神で、鷺《さぎ》の絵が描かれた、小粋《こいき》な品だ。描かれている五位鷺の絵から名付けられたので、武家や貴族達が貰う立派な位《くらい》、五位の名で呼ばれているのだと、いつも自慢げに話していた。

「今日貸し出される先は、鶴屋さんだよね。鶴屋さんは、うちに付喪神がいるのを承知しているから、お八つを出してくれる。皆、行きたがるのに」

すると、五位のふてくされた声が聞こえてきた。

「昔、一人きりで桐箱の中に居た時は、周りの声など気にもしなかった」

だが今は、出雲屋に仲間がいる。よって五位はその言葉が、酷《ひど》く気にかかるという。

「そしてわたしは今、仲間に腹を立ててる」

五位は帳場の前に座り込んだ。

「わたしの本体は、この通り煙管だ。しかし五位鷺が描かれているから、鷺でもある。鷺の姿になれるし、空だって飛べるぞ」

しかし出雲屋の者達は、飛ぶ必要が出てくると、まずは蝙蝠《こうもり》の根付け、野鉄を頼る。野鉄が居なくなって初めて、五位も飛べることを思い出すのだ。

「納得できん。どうしてまずわたしに、飛んでくれと言わないのだ？　少なくとも野鉄と同じくらい、頼まれてもいいはずだろうが」

忘れられるのは寂しいと、五位がじたばたと手を振った。十夜は思わず苦笑を浮かべ、慌てて笑いを引っ込めると、多分訳は簡単なことだと五位へ告げてみた。

「野鉄は、蝙蝠の形の付喪神だもの。姿を見れば、一目で飛べると分かるだろ？」

だから皆は気軽に野鉄へ、飛んでくれと頼むのだ。一方、五位は煙管姿だ。一拍置いて、飛べることを思い出すはずだ。

「それだけの話だよ」

十夜は長年の友へ、明るい笑みを向けた。

「五位が一緒に行かなかったから、きっと皆は今頃、鶴屋で心配してるよ。五位の分のお八つを、どう持って帰るか考えて、困ってるかもしれない」

「そんなこと、分からないじゃないか」

「なら、自分の目で確かめてきたらどう？」

今日、付喪神達を貸し出した鶴屋は、近所にある。

「五位は飛べるんだもの。ひとっ飛びして、皆の様子を確かめてくれればいい」

そうすれば五位の飛ぶ姿を、皆へ改めて見せることも出来る。十夜はそう言ったのだ。

「恰好《かっこう》良く、飛んでおいで」

「え？　わたしの飛ぶ姿は、恰好いいか？」

「もちろん！」

五位は大きく頷き、いそいそと五位鷺の姿になる。そして損料屋の店表《たなおもて》から、あっという間に空へと消えたのだ。

十夜はほっと息を吐くと、鶴屋へ貸し出した品の帳面を引っ張り出し、五位の名を加えておく。近くの帳場でそろばんを入れていた清次が、にやりと笑った。

「やっと五位が機嫌を直したか。お前や市助、こゆりが、甘やかしたからだぞ。付喪神達ときたら、わがままになっちまって」

商売物だというのに、拗ねる、喧嘩《けんか》をする、お八つを食べたがる。そんな品を貸し出している損料屋が、他にあるだろうか。

「客に見つかったら大騒ぎだ。十夜、付喪神達はお前に任せてるんだ。大人しくしてるよう言い聞かせておけよ」

「でもおとっつぁんだって、付喪神達に甘いじゃないか。お八つだって、毎日、欠かさず用意してるし」

「それは……こほん、付喪神達は、うちの一員だからな。お腹を空《す》かせたままにするのは、可哀想《かわいそう》だろ。それだけだ」

つまり両親だって昔から、妖達に甘かったのだ。十夜は首を傾《かし》げた。

「ねえ、おとっつぁん。おとっつぁん達はいつ頃、付喪神達と知り合ったの？」

そう問いはしたものの、しかし清次も十夜も言葉を続けなかった。その時損料屋の店表に、空から鳥が舞い込んできたからだ。

余程慌てているのか、鳥は帳場の前で転がると、付喪神の姿に戻り、ぶるりと総身を震わせる。

「あれ、五位。もう帰ってきたんだ。早いね」

鶴屋へ着いて早々に、仲間達と喧嘩でもしたのだろうか。十夜が問うと、五位はぺたんと座ったまま、長い首を横に振った。

「喧嘩など、してはおらん。いや、することなど出来なかった」

「どういうこと？」

「十夜、清次、えらいことになった。付喪神の皆が、行方知れずだ」

「えっ？」

「誰も鶴屋へ行っておらん。鶴屋の主平助《へいすけ》は、わたしが行った時、これから出雲屋へ、使いを出そうとしておるところだった」

十夜は清次と顔を見合わせた。

「付喪神達は、ちゃんと行李に入れて、使いの人へ渡したよ。五位もそれを、出雲屋で見てたよね？」

「確かに見た。しかし今、皆が鶴屋におらぬのは、本当なのだ」

十夜が、眉間《みけん》に皺《しわ》を寄せる。

「そう言えば、今日来た鶴屋さんの使いは、見たことのない顔だったっけ」

だがその使いは、出雲屋が鶴屋へ、付喪神達を貸す約束をしたことを、ちゃんと承知していた。鶴屋がよくやるように、月末の今日、こちらが掛け取りに行く前に、前払いで支払うことさえしたのだ。

だから十夜は使いの者を信じた。その男に、出雲屋の付喪神達を渡したのだ。

そして……皆は、行方知れずになってしまったらしい。

「誰かがあいつらを、さらったってこと？　どうして？　どこへ？　何で？」

十夜が顔を強《こわ》ばらせる。だが、五位も清次も、首を横に振った。答えを知っている者は、出雲屋には居なかったのだ。

2

「やあっ、これでも食らえっ」

月夜見が、薄暗い部屋で見かけた小さな棒を、敵方の阿真刀へ投げつけた。しかし小刀の姿をした付喪神は、鞘から刃《やいば》を抜くこともなく、簡単に棒を打ち返してきた。するとそれが、月夜見の額に当たり、ぼこんと大きな音を立てた。

「痛いっ。お主、酷いではないか」

「あ、済まぬ」

　真剣な合戦の最中だというのに、月夜見は泣きべそをかき、相手の阿真刀は慌てて謝ってきたから、どうも場に緊張感が欠けている。しかしそれでも、この戦いはやはり、遊びでも、お楽しみでもなかった。出雲屋の付喪神達は、まとめてさらわれた。そして、この場所から逃れる為、戦っているのだ。この戦に負ければ、どことも知れないこの場所へ閉じ込められたまま、出雲屋へ帰れない。

　野鉄が、間抜けな声を上げた月夜見へ、怖い顔を向けた。

「必死にならなくちゃ駄目だ。十夜達と、会えなくなるぞ」

出雲屋には野鉄、お姫、猫神、月夜見、うさぎの他にも、付喪神の仲間がいる。五位や帯留めの黄君《おうくん》、金唐革の財布唐草《からくさ》、双六《すごろく》のそう六《ろく》、守袋の青海波《せいがいは》、木彫りの子犬小石丸《こいしまる》などだ。

妖でない品物も沢山あり、古道具屋兼損料屋の出雲屋は、毎日それらを貸し出し、古道具屋の方で売って、店を続けていた。つまり。

「我らがいなくとも、出雲屋は商売を続けられる。でも我ら五人は、どうなるんだ？」

野鉄は阿真刀達の大言壮語に、付き合うつもりなどなかった。長く長く時を渡っていく妖の身からすると、人の世を動かそうとしても、無駄だと思う。

「世の中なんて、勝手にどんどん、変わっていっちまうものだからな」

つまり、野鉄達が長く留守にしていると、出雲屋がいつの間にか、消えてなくなることもあり得るのだ。清次も十夜も人だから、恐ろしく早く歳《とし》を食う。店は古くなってゆく。ときには火事が町を変えてしまう。

「だから早く帰らないと、我らは置いていかれちまう。わたしは、そんな羽目になるのはご免だっ」

よって戦い、勝って、ここから出る！　言うなり、野鉄は隅にあった箸《はし》を拾うと、正面からもの凄《すご》い勢いで、阿真刀へ打ち込んだ。小刀の付喪神は、一瞬にして小さな侍のような姿になり、己の小刀で受け止める。双方が弾《はじ》かれて後ろへ吹っ飛び、両の足を踏ん張って止《とど》まった。

「野鉄と言ったか。やりおるな」

「そっちこそ。さすがは小刀の付喪神だ」

直ぐに、二の太刀を打つ為、共に間合いを測り始めた。

横では一番体の大きな猫神と、櫛のうさぎが組み、馬力がありそうな青馬と向き合った。残る月夜見とお姫が、文字茶と対峙《たいじ》する。猫神が嘆いた。

「ふにゃあ、こういう時、双六のそう六が居てくれたら良かったのに。あいつの双六の中には、強い金太郎《きんたろう》もいたんだ」

「そりゃ、ここに居なくて幸いだ」

言うなり青馬は凄い勢いで、猫神とうさぎに突進して来た。何しろ狭い場所でのことだから、避《よ》ける間もない。猫神がとっさにうさぎを庇《かば》って抱き、二人は青馬の頭突きを食らって飛ばされ、部屋の中を高く舞った。

「ふみゃっ……この部屋、天井が高いぞ」

痛くて寸の間、ぼうっとしたものの、猫神は猫だから、高い所から飛び降りるのは得意だ。さっと体をひねり、器用に降り立った先は、青馬の背であった。

「よっし、上手く降りた。うさぎ、出番だ」

「えっ？　あ、そうよね」

　二人の前にある馬の首に、見事なたてがみが見えていたのだ。うさぎは頷くと、自分の櫛で、そのたてがみを強くすいた。案の定と言おうか、長く整えていないようなたてがみは、櫛の歯に引っかかり、まともにとくことが出来ない。それを強引に引っ張ると、青馬が悲鳴を上げた。

「いたたたたっ、こらっ、勝手に櫛を入れるな。痛いぞ。止《や》めろっ」

「早くも降参か？　ならば小さな馬の置物に戻れ。そうすればうさぎの櫛も、たてがみから離れるさ」

「うるさいっ、誰が降参などするか……いたたたたっ」

　戦いを続けると言うので、今度は猫神が尻尾の毛を引っ張り始めた。悲鳴を上げた青馬は部屋を駆け回り、辺りが揺れる。

　一方、月夜見とお姫は、茶碗の文字茶と向き合い、苦労していた。文字茶は、茶を点《た》てる茶碗だからか、どこからか湯を持ち出し、それを掛けてくるのだ。姫様人形のお姫も、掛け軸の月夜見も、湯は苦手であった。

「こらっ、熱い湯など掛けるでない。そんなものを掛けられたら、掛け軸の糊《のり》が剝《は》がれてしまうではないか」

「止めてよっ、顔に掛かったら、白い胡粉《ごふん》が落ちてしまうじゃないの。止めなさいってば」

嫌がると文字茶が、かさにかかって湯を撒《ま》くものだから、お姫が怒った。近くの荷の中から、なるたけ硬そうな釘《くぎ》だの湯飲みだのを選び出すと、それを茶碗めがけて投げ始める。

途端、今度は文字茶が悲鳴を上げた。

「そっちこそ止めなさいっ。当たったら、割れてしまうではないかっ」

双方、相手の投げた物や湯が届かない所まで下がったが、すると今度は、決着をつけることが出来ない。月夜見、お姫の組と文字茶は、互いに睨み合ったまま、ぐるぐると部屋を巡ることになった。

お姫が、呆然とつぶやく。

「この勝敗、いつか決着がつくんでしょうか」

その時、ガツンッという鋭い音がして、猫神や月夜見らの目が、野鉄と阿真刀の一戦へ向けられた。二人の戦いは、他の付喪神達とは比べものにならないほど、緊迫したものになっていたのだ。

戦いの腕からいえば、小刀である阿真刀の方が、遥《はる》かに強い。だが野鉄は飛べるので、そこが大きな強みとなっていた。一旦《いったん》宙へ逃げられてしまうと、刀は届かない。二人は戦い続けることになり、まだ勝負はついていなかった。

ここで青馬が猫神を背から振り落とし、大きく息をついた。

「こちらは阿真刀が、そっちはあの蝙蝠が、一番強いようだな」

ならば勝敗の行方は、あの二人の戦いで決めよう。自分はその勝敗を受け入れると言ったのだ。すると文字茶組も頷き、動きを止めた。そしてそれぞれの味方を、応援し始める。

「野鉄っ、お前さんが頼りだ。勝ってくれよ」

「阿真刀、刀の身で、蝙蝠なんかに負けるんじゃないぞっ」

青馬が少々偉そうに言うと、阿真刀が戦いつつ、うんざりした声を出す。

「青馬っ、何でのんびり応援してるんだっ。ばらばらに戦わねばならない決まりはない。お主、我に加勢してもいいのだぞ」

「えっ、でも……この青馬では、空飛ぶ蝙蝠には勝てそうもないし」

青馬の腰が引けた時、話を聞いていた猫神が、ぽんと手を叩《たた》いた。そして己の体の大きさと、出雲屋の付喪神が、野鉄の他に四人も居ることを使おうと、仲間へ声を掛けたのだ。

「あら、何をさせる気？」

「お姫、月夜見、うさぎ、三人で、これの反対側を持て」

そう言って猫神が手を掛けたのは、子供が入れそうなほど大きい、行李の蓋《ふた》だ。柳を編んで作られており、大きさの割に、凄く軽い。頭から被《かぶ》せてしまえば、相手を中に閉じ込めることが出来そうであった。

「あっ、そう使うのか」

三人の付喪神達が、揃って頷く。

阿真刀は強そうだが、野鉄と戦っている今なら、他の者を見ている余裕はなかろう。

月夜見達は素早く蓋を抱え上げ、戦っている阿真刀へ近寄る。

「せーのっ」

蓋を投げようとした途端、青馬がその行いの意味に気が付き、阿真刀を逃がそうと、野鉄との間に割って入った。

しかし蓋が二人へ被さり、その上から猫神が乗って重しになった。危うく野鉄も巻き込みそうになったが、間一髪、宙へ逃れる。阿真刀と青馬を蓋の中に、見事に捕らえたわけだ。

「残ったのは、文字茶一人ですね」

五対一だから、お姫達は直ぐに文字茶を捕らえることが出来、こちらも蓋の中へ放り込む。並の時であれば、付喪神達は影の内から逃げてしまうが、今日は敵方も、護符に阻まれていた。

「やったぞ、勝負がついた」

五人で蓋に乗って押さえつけつつ、野鉄が蓋の内へ声を掛けた。

「さあ、白状しな。ここはどこなのだ？　どうやったら表へ出られる？　どうして今日、我らが鶴屋で働くことを知ってたんだ？」

どうやら付喪神だけでなく、人の味方もいるように思えたので、それも問うた。

「全部、言ってもらおうか」

「ふんっ、まだ降参してはおらん」

その声と共に、蓋の内から阿真刀が、己の小刀を行李の表へ突き上げる。お姫達が悲鳴を上げ、飛んで逃げた。だが、野鉄が直ぐに棒で刃を叩き、ぴしりと阿真刀へ告げる。

「今度内から蓋を突いてきたら、その刃を折る。そうなったらお主は壊れてしまうぞ。付喪神では、いられなくなるはずだ」

本気でやるぞと脅したら、止めろという青馬の声がして、刃が引っ込んだ。そして蓋の内に居る三人は、それきり黙ってしまい、返事をしてこない。

薄暗い部屋に沈黙が満ちてゆき、触れれば爆発しそうな危うさとなって辺りを包む。月夜見が低い声で、もう一度言った。

「答えろ。ここはどこなのだ？」

聞こえてきたのは、青馬の声であった。

「……両国《りょうごく》」

「は？　両国？　盛り場ではないか」

五人の妖達は、顔を見合わせた。

両国は、江戸一大きい盛り場だ。神田《かんだ》川と隅田《すみだ》川が交わる辺りにあり、両国橋橋詰めの西と東に、大きく広がっている。深川《ふかがわ》にある出雲屋からでも、舟を使って遡《さかのぼ》れば、酷く遠いという程ではない。しかし、決して近くもなかった。

「何でわざわざ、そんな所に、我らを運んできたんだ？」

出雲屋の五人は目を見合わせ、考え込んだ。

すると。ここで五人は、とんでもない間抜けをしてしまった。敵方を捕まえたという安堵《あんど》の中、新たな謎に夢中となり、背後へ気を配れなくなっていたのだ。

はっと顔を上げた時には、既に大きな風呂敷《ふろしき》のような布が、五人を頭から包んでおり、まとめて搦《から》め捕られてしまっていた。団子のように丸くひとかたまりにされ、きつく結ばれて、手も足も動かせない。布の内で何も出来ず、前を見ることすら叶《かな》わなくなった。

するとそこへ、若い声が聞こえてくる。

「おやおや、阿真刀がいたのに、お前さん達、戦いに負けたのか。うちの付喪神達は、思ったより弱かったんだね」

笑い声が聞こえ、敵方の付喪神達が、行李の蓋の内から出たのが音で分かる。出雲屋の付喪神達は、最後の最後で、加勢を得た敵方に負けてしまったのだ。

おまけに出雲屋の五人は、既に、敵方に従わないと言ってしまっている。その為か、薄暗い部屋で、大きな鳥かごのような物へ、閉じ込められることになった。

3

十夜は父清次に頼み、父の長年の友、料理屋鶴屋の主平助と、小間物屋すおう屋の主佐太郎《さたろう》を、急ぎ出雲屋へ呼んでもらった。親と一緒に、鶴屋の娘こゆりと、すおう屋の三男市助もやってきた。

集まった皆は、付喪神がこの世にいることを承知している数少ない面々であった。

(おじさん達になら、今回の騒ぎについて話せるから)

奉公人や客に、付喪神の話を聞かれては拙《まず》いので、皆を倉の二階に作った、倉座敷へ招く。出雲屋の商いは、おかみのお紅《こう》が引き受けることになった。

少しひんやりとした倉座敷へ六人が集うと、まずは鶴屋が、心配げに問うてくる。

「それで、それで？　いつもうちの料理屋へ来てくれてる付喪神達が、本当に行方知れずになったのかい？」

鶴屋は、付喪神とすっかり馴染んでいるから、その声が心配げだ。居なくなった五人の名を告げ、行李を、初めて会った鶴屋の使いへ渡した次第を話すと、鶴屋は言葉を失い、隣で佐太郎が顔をしかめた。佐太郎はここのところ、月夜見を借りては、こっそり将棋を指すようになっているのだ。

ここで問いを向けてきたのは、市助とこゆりであった。

「あの、まさかと思うけど。前にもやったことがあるから、最初に確かめておくよ。付喪神達、家出したんじゃないよね？」

「わたし宛てに、書き置きとか、残ってませんでしたか？　お八つはお芋がいいとか」

そこで返事をしたのは十夜ではなかった。本当に珍しくも、小さな姿が皆の前へ進み出て、ぺこりと頭を下げた。

「いや、今回は家出ではない。市助、こゆり、出かけた五人は、鶴屋さんが今日何のお八つをくれるか、楽しみにしておった」

「五位……仕事でもないのに、おとっつぁん達と話しにくるって、珍しいね」

「仲間が心配だからな」

五位はそう言い切り、長年の友、十夜を見上げてくる。仲間が消えた。それは五位にとって、本当に怖い話なのだ。

「今日、姿を消した五人の付喪神の中には、飛べる野鉄が居る。なのに突然居なくなった後、出雲屋へ何の知らせも入らない。皆、とても危ういことに、なってるんじゃないか」

　その時、別の声が、五位の話に重なった。

「早く月夜見殿達を、出雲屋へ戻して下さい。月夜見殿は、とても気位が高い。承知した仕事は、ちゃんとこなす方です。なのに鶴屋へ現れなかった。どうなったのか心配です」

　そう言って現れたのは、付喪神仲間の唐草だ。金唐革の財布は、先ほど一緒に店へ戻ってきた、帯留めの黄君へ目を向けた。

「野鉄さんは飛べるし、とても頼りになります。ですが時々、無鉄砲になるというか、見ていて心配になることがあって」

　だから、とんでもないことになる前に、出雲屋へ皆を、連れ帰って欲しい。付喪神達に、怖い思いなどさせないで欲しい。

「皆は、出雲屋の者なんです。少なくとも、わたしらは皆、そう考えていますから」

「分かってるよ」

　十夜はきっぱりと言い、必ず助け出すと言い切った。そしてここで、市助に助っ人を頼みたいと頭を下げる。

「分かってるさ」

市助は直ぐに承知したが、こゆりが仲間はずれにしないでと口を尖《とが》らせる。しかし。

「こゆり、付喪神達を助ける為、どこかで、喧嘩になるかもしれない。そうなったら危ないから、今回は店で待っていなさい」

鶴屋がびしりと言った。

「おとっつぁん、喧嘩になるとは決まってないのに」

「こゆり！」

幼なじみは渋々、留守番を承知した。十夜はほっと息を吐いてから、座に集った皆へ問うた。

「付喪神達ですが、何故、どこへ、誰に連れて行かれたんだと思いますか？」

考えを聞きたいと請うたわけだ。すると、はじめに口を開いたのは、経験が豊富な親の世代だった。多くを見聞きし、世の決まりをよく承知していた。

まずは佐太郎が口を開く。

「今回の話を聞いて、あたしには一つ、分からないことがあったんだ。いや、付喪神達が、どこへ消えたのかってことじゃない。そいつは、これから調べていく話だからね」

佐太郎が不思議に思ったのは、付喪神達を引き取りに来たという使いの者が、鶴屋がいつ損料屋の品物を借りるか、あらかじめ知っていたことであった。そこがきっちり合っていたから、出雲屋の十夜は騙《だま》され、付喪神達を渡してしまったのだ。

「不思議だよね。付喪神達を借りる日を、どうやって知ったんだろう。今日、鶴屋さんは、付喪神ばかりを借りるつもりだったんだろ？　そのことも、端《はな》から心得ていたんだろうか」

　すると、鶴屋が言葉を続けた。

「付喪神を持って行ってしまった相手は、うちの店が、月末に出雲屋へ支払いをすることまで承知してたんですよね。そこも不思議だと思いました」

世に、掛け売りで物を売る店は多いが、月末払いとは限らない。大きなお店《たな》だと、払いは年末、大晦日《みそか》にまとめてということが多くある。

一方、客に一見《いちげん》の者が多い食べ物屋だと、現金前払いで、掛け売りなんぞ、やっていないところが多いのだ。

　ここで清次が、思い出を語った。

「昔、出雲屋には金が無いことが多くて。大晦日にまとめて勘定をすると、他への支払いが大変だった。それで鶴屋さんとすおう屋さんが、うちの為に、互いの払いは毎月ということにして下さったんですよね」

　内々の話であった。すおう屋も鶴屋も、余所《よそ》で話したりはしていないという。

「付喪神達を連れ去った者が、内々の話をどうやって承知したのか。その訳を、調べなきゃならないわけか」

この時、五位が首を傾げた。

「わたしは鶴屋が出雲屋へ、毎月支払っていることを、承知しているぞ」

他の付喪神達も、知っていたはずだと、五位は付け足した。十夜達が目を見開く前で、唐草や黄君も頷く。

「ええ、わたしも知ってました。店へ貸し出されると、耳に入ってきますから」

「店の皆さんは、品物が話を聞いているとは思いません。側《そば》で色々話をしますよね」

それに、貸し出された先から帰ってきた時、仲間が居なかったら驚くから、付喪神達は仲間内で、いつ仕事に出るか、話をまわしておくという。

「へえ、付喪神達は、どちらの話も承知してたんだ」

十夜や市助、こゆりでも知らない話であった。座の六人が付喪神達を見つめると、五位達は胸を張り、更に語った。

「我らは、他の店の内々のことも、承知しているぞ」

たとえば、付喪神も馴染みの札差大久屋《ふださしおおひさや》だ。

「あの店じゃ奉公人でも、番頭くらいになると、とても威張っているのだ」

五位の言葉に、唐草達が頷く。

「大久屋さんが店に居ない時は、主より威張ってますすね」

「この黄君が借りて行かれた時も、偉そうに文句を言ってました。もっと高い品だって買えるのに、主は何で、損料屋からわたしを借りるのかって」

大久屋の奉公人は、大金を任されることが多いからか、店主でもないのに、鼻がしばし、天井の方を向くのだ。大久屋は付喪神達から、店内の話を聞きたがるという。そして時々、不思議な笑いを浮かべているらしい。

「ほおお」

「大久屋さんは、出雲屋さんの付喪神達を、そういう風に使ってたんですか」

「どうりで妖ばかりを、まめに借りるわけだ」

すおう屋と鶴屋、出雲屋の主三人が、声を低くして言う。ここで市助がこゆりと、目を合わせた。

「付喪神達なら、取引先にお金があるかどうかも、きっと摑めるよね。あの子達、影の内へも入れるし」

「だから、連れて行かれたの？」

清次がつぶやく。

「これは……思っていたより、付喪神を欲しがる者は、多そうですね。剣呑《けんのん》な話になってきたようだ」

横で、すおう屋も顔をしかめていた。

付喪神が味方になれば、儲《もう》け話を拾えるのだ。するとここで鶴屋が、一つ咳払《せきばら》いをした。

「清次さん、佐太郎さん、儲け話だけで、事が済みますでしょうか」

「えっ？」

「たとえばですよ。お武家様達だって、付喪神達の話を聞きたいと思うよ。そう……お上に潰《つぶ》したい大名家があったら、使える。怖いことじゃないか」

どこの大名家でも、他言したくない話の一つや二つ、あるだろう。それは、大名屋敷の奥深くに隠されている。しかし。

「付喪神達が探したら、あっという間に怖い話が、表へ出そうだね」

鶴屋の言葉に、十夜は魂消《たまげ》、思わず五位達の顔を見てしまった。この、暢気《のんき》で騒がしく、やたらと気位の高い妖達が、お侍の大事にまで、関わるというのだろうか。

五位が首を傾げ、十夜を見てくる。

「我らは、侍の話など、興味ないぞ」

「うん……そうだよね」

しかし、もし付喪神を手下に出来れば、使い道は本当に多そうだ。良からぬことを考える者は、居るだろう。

（きっと、居るね。何だか凄く……怖いよ）

清次達も同じように考えたのか、事を急ごうと言い出した。とにかく、鶴屋の事情がどうやって流れたのか、まずはそこから探ることになった。

すると。ここで十夜と市助が話し合い、五位や唐草達を見て言う。

「なら付喪神達を、鶴屋へ連れて行ったらどうかな。鶴屋のことは、鶴屋にいる人達が、一番承知してるはずだもの」

店の者か、客か、出入りの商人か。誰かは知らないが、鶴屋の内々のことを、余所へ漏らした者が居たかもしれない。

「大久屋さんがやったのと、同じようにするんだ。付喪神達を鶴屋へ置いておけば、色々分かると思う」

鶴屋が頷く。

「そのとおりですね。鶴屋の主としては、妖達がどんな話を拾ってくるのか、聞くのが怖い気もするけど」

十夜が唇を引き結ぶ。

(ああ、付喪神は、こんなにも頼もしい相棒だったんだ)

ただ、付喪神達が素晴らしければ素晴らしいほど、この先いつか、怖いことを招いてしまうだろう。十夜は両の手を、ぐっと握りしめた。

4

根付けの姿に戻った猫神は、ふてくされた顔で、竹で出来た鳥かごの底に転がっていた。猫の姿になると大きいから、かごの中では邪魔になる。捕まると、のんびりすることも出来ないと、嘆いていた。

野鉄と月夜見も、根付けや掛け軸となっていて、付喪神には見えないし、お姫は、櫛のうさぎを膝《ひざ》にのせ、座って目をつぶっている。窓がなく薄暗い部屋では、付喪神達の押し殺した声だけが、時折聞こえていた。

月夜見がふと口を開く。

「わしは、先ほど我らを捕らえた男の声を聞いたことがある。確か、鶴屋に貸し出され、床の間に飾られていた時のことだ」

声は廊下から聞こえてきたので、顔は見ていない。しかしあの声の主は、鶴屋出入りの商人と、楽しげに話をしていた。

「鶴屋は料理屋だから、主は客達と親しくなるものだ。部屋に飾る品を、いつ替えたりするか、知り合いが聞けば話すだろうよ」

付喪神達がいつ鶴屋へ向かうか、主と親しい者から漏れたのではなかろうか。月夜見の言葉に、仲間達が頷いた。

「あり得るな。それで……」

この時部屋で、ことりと音がして、話が途切れた。野鉄が目だけを音の方へ向けると、じき、端に近い場所の床が、畳半分ほど持ち上がり、ぱかりと開いた。そして、誰かが下から上がってきたのだ。

（おや。ああいう風に入ってくるとは、驚いた。つまり下には、別の部屋があるんだな。この部屋は、高い場所にあったのか）

窓が無かったから、野鉄は、土蔵の内にいるのかと思っていた。だが、周りの壁は土壁には見えない。そして、並の家の板壁とも違った。

（ここは両国だと言ってたが、店とは思えんな。田舎にあるような、納屋の二階かもしれん）

野鉄が考えている間に、上がってきた者は、鳥かごに近づいてくる。そして、何やら良い匂いのものを、かごへ差し出してきた。

「出雲屋の御仁《ごじん》、腹が減ってないか？　焼いた大福を貰った。食べてくれ」

話しかけてきたのは青馬で、人目を忍ぶように、小さな馬の姿でいる。大福をかご内へ入れようとしてきたが、戸口が開けられないのを知って、泣きそうな顔になってしまった。

すると、月夜見が口を開いた。

「当たり前だろう。かごが簡単に開くと、我らが逃げてしまうだろうが」

自分達を逃がす気で、来たのではなかろう。ならば放っておけと、月夜見は続ける。

すると青馬は足を踏ん張り、こう聞いてきた。

「あの、全員大丈夫か？　欠けたり、怪我をしてはおらぬか？」

戦いの後なのだ。もし損なったところがあるなら、早く補わねばならない。青馬が何とも真剣な顔で言ってきたので、かご内の付喪神達が苦笑を向けた。

「今の今、勝負をして、わたし達を捕まえたところでしょ。何で気になるの？」

お姫が問うと、青馬が足下を見た。そして、下を向いたままつぶやく。

「我らにはな、あと二人、仲間がいたのだ」

「えっ」

「小刀の相棒だった刀と、雀《すずめ》の絵が描かれた扇子がいた。雀は飛べたよ」

だが。

「刀も扇子も折られて、付喪神では居られなくなってしまった。壊れて、ただの古道具としてすら使えず、この世から消えた。捨てられたようだ」

どこへ消えたのか、それすら分からないと、青馬は言う。

「…………」

「だから先ほど野鉄殿が、阿真刀を折らずにいてくれて、嬉しかった。我ら付喪神は妖で、長く長く生きる者だ。だがな」

その生を、まるで人のように、一瞬で失うこともある。そういう者なのだと、青馬は肝に銘じているのだ。

「だから礼をと思って、大福を持ってきた」

青馬はここで、顔をかごへ近づけた。

「あの、もう逃げようとするな」

意地を張って、もし身を損なったら、出雲屋の者達も、あっという間にがらくたと化してしまう。それに。

「分かっているだろう？　この部屋には、護符があちこちに貼ってあるし、窓もない。だから、出ることは出来ないのだ」

その上、部屋の下には怖い男達が詰めている。逃げようとした付喪神には、遠慮をしない手合いだ。

「あいつらは、弱い者を、見せしめに壊すかもしれない」

それを庇ったら刀や扇子の付喪神のように、己も壊れることになるという。

野鉄はここで、青馬と正面から向き合ってみた。

「だから？」

「えっ？　だから、その……」

「脅されても、そっちの手下にはならんよ。お前さん、これ以上我らと話す気なら、大福の代わりに教えてくれ」

聞きたいことがあると、野鉄は並べてみた。

「ここは両国だと言ったが、この薄暗い部屋は、妙だな。どういう所なのだ？」

「戦いの最後に、我らを捕らえた男は、どこの誰だ？」

「あの男は、付喪神が世を直すという考えに、賛同しているのか？　それとも、あの男はお前さん達を使って、別のことをやる気なのか？」

阿真刀は出雲屋の皆に、己の志を語った。だが人が付喪神を第一に思い、世の支配を放り出すとも思えない。

「さてさて、あの男とお前さん達は、どういう仲間なのかな？」

野鉄が問いを並べてゆくと、わざわざ来たと言うのに青馬は黙りこみ、じき、首を横に振った。そして息を吐くと、床の戸から出て行ってしまった。青馬が消えるのを見送ってから、うさぎが野鉄へ言葉を向けた。

「青馬に、もう少し優しくしたら良かったのに。一つくらい、話したかもしれないわ」

すると答えたのは野鉄ではなく、月夜見であった。

「妙に、我らと仲が良くなったら、拙かろう。我らを捕まえた男が、青馬をどう扱うか、知れたものではない。お互い、離れていた方がいいのさ」

猫神も頷く。

「みゃん、あっちの付喪神は、お仲間が二人壊れたとか。ふみゃーっ、誰がやったんだと思う？」

もしかしたら。

「青馬達が今、一緒にいる奴らが、やったんじゃないかな。それで、世直しをしたくなった。また仲間を壊されるのが嫌だからだ」

つまり……青馬達も、出雲屋の付喪神と同じように、捕らえられ、脅されているのだろうか。皆が目を光らせた。

「なら早めにここから出ないと、わたし達も、危ういことになるかもね。大した力もない者は、剣呑な男に、見せしめに壊されるかも」

お姫が口を尖らせ、うさぎが震える。

「もう一人、壊すぞ、従えって脅されるのは、嫌だねぇ」

野鉄が、ここで立ち上がった。色々分かったこともあるから、そろそろ一度、脱出を試みようかと言ってみる。

「にゃんっ？　今、新たに分かったこと、あったか？　それに、どうやって出るんだ？」

猫神が首を傾げると、野鉄はかごの周りへ目を配りつつ、言葉を並べた。

「分かったことの一つは、この部屋があるのは、二階より上だってことだ」

「ああ、そのようだな」

ここが、ちょっと高い場所だという話には、付喪神達が頷く。

「それと、戦った付喪神達も、人に脅されている気がする。気に入らない話だ」

「我ら付喪神が、人の手下になるなど、あってはならんことだな」

気位の高い月夜見が頷く。となれば出雲屋の皆が逃げ出しても、少なくとも青馬達は、止めてこないかもしれない。

「次に、だ。この部屋の下には、怖いお兄さん達がいると分かった」

住まいとしているのか、それとも今だけ、そういう怖い面々を集めているのか。どちらにせよ、付喪神達が逃げるとしたら、下へ行くしかないが、そこには怖い者が待ち構えているわけだ。

「……ですよね。嫌だわ」

うさぎがつぶやく。人は、付喪神達より、遥かに大きい。戦うとなると、影内に入れない今、大いに不利であった。付喪神達は今、閉じ込められている鳥かごから、出ることすら叶わないでいるのだ。

「でも野鉄は、逃げてみようと言ったな。何か、考えがあるのか？」

月夜見が問うと、野鉄は頷き、ひょいと蝙蝠の形に戻った。本物の蝙蝠ほどの大きさだから、根付けでいるよりかなり大きい。そして猫神にも、猫の姿になってくれと言う。

「みゃん？　我は野鉄より、ぐっと大きいぞ。皆が付喪神の姿になったら、このかごの中が一杯になっちまう」

　野鉄が大きく頷いた。

「そうだな。窮屈になるよな。そしてだ。大きくなったわたし達が、中で動いたら、かごが揺らいで、転げ落ちると思わないか」

　床へ落ちたら、竹のかごは壊れるかもしれない。いや、どこかが歪《ゆが》み、小さい姿に戻った誰かが抜け出られればしめたもの。外から鍵《かぎ》を、開けられるかもしれないのだ。

「やってみないか」

「そうね。確かに落ちれば、かごは歪むかも。でも……痛いかもしれないわね」

「うさぎ、お姫、怖いなら、我の腹にしがみついておれ。みゃん、身を丸くして、我が庇ってやろう」

「ありがとう、そうするね」

　話が決まると、付喪神達は姿を大きく変え、一斉に動いてみた。かごは揺らぎ、これならいけるかもしれないと、声が上がる。

だがもっと揺らすと、うさぎが怖くなったのか、思い切り猫神にしがみついた。毛を、猫神が鳴き声を上げるほど引っ張ったのだ。

「みぎゃっ、痛いっ」

猫神が思わずよろけ、かごにぶつかり、その勢いで竹かごは……そのまま落ちていく。

「ふぎゃーっ」

かごごと床へ落ち、竹がしなって大きく跳ねた。その拍子に竹が一本外れ、弾みでかごは大きく向きを変える。

「みぎゃっ、跳ねるとは思わなんだ」

付喪神達はかごの中で、互いを潰しあった。直ぐに壁へぶつかったが、何故だかその時、外れた竹が壁を突き……そのまま突き刺さってしまう。

「へっ？　どうしてだ？」

何故、竹が、簡単に壁へ刺さるのだろう。魂消て見入っている間も、かごは、刺さった竹を支えにして壁からぶら下がったままだ。そして付喪神達の重みが掛かっていた為か、皆が見ている間に、壁が破れ始めた。

野鉄は本気で驚く。

「壁って……破れるものだったっけ？」

薄暗い部屋の壁は、木や土で出来ているのではなかったのだ。もっと柔らかい、分厚い布のような代物であったらしい。

いや、近くで見るとその妙な壁は、畳よりやや小さい程のものをつなぎ合わせて、作ってあった。付喪神達はその継ぎ目を、壊れたかごの竹で、切ってしまったらしい。

「げげっ、裂けていく。壁が外側へめくれ落ちていくぞ」

「おい月夜見、大丈夫だろうか？　壁の穴がこれ以上広がったら、我らも壁と一緒に、表へ落ちる気がするが」

「あの、野鉄さん。ここは二階より上だろうって、言ってませんでしたっけ？」

そこから落ちたら、付喪神達は、大怪我を負うかもしれない。お姫の言葉に、野鉄は顔を強ばらせた。しかし、だ。

「もう、かごを止めることは無理だ」

話している間に、破れは更に広がり、壁の向こうが見えてくる。お姫が、目の前に広がる沢山の小屋の屋根を指した。

「分かったわ。両国と聞いたけど、ここ、盛り場の真ん中みたい」

そして皆が閉じ込められていたのは、盛り場で見かけることがある、恐ろしく背の高い、見世物小屋の一つに違いなかった。何しろかごは二階どころではない、とんでもない高さから、表の地面へ落ちようとしていたのだ。

「落ちたら、かごは一発で壊れそうだな」

きっと出られるぞと、月夜見のやけくそな声が聞こえる。うさぎが続けた。

「あたし達も一緒に、壊れそう」

その時、下から大きな声が聞こえてきた。小屋の壁が裂け落ちたので、表にいる者が異変に気付いたのだ。声はどんどん大きくなり、湧き上がってくる。不安も増していった。

「そろそろ落ちます。とにかく、小さなうさぎだけでも、壊れたかごの隙間から、逃がせないかしら」

「そうだな。うさぎ、お姫の言う通りだ。薄いお前さんなら、逃げられるかもしれん。ほら、我がかごを支えている間に、逃げろ」

猫神が促したが、うさぎの腰は引けている。

「一人で逃げるんですか？　ここに残るの？　それも怖いです」

「そんなことを、言ってる場合か」

野鉄が言った、その時だ。思わぬ声が聞こえて、付喪神達は一斉に外を見た。

自分達の名が、下から呼ばれたのだ。

「えっ？　あれは十夜の声か？」

皆が揃って表を見る。その弾みで、落ちた。

眼前にあった壁が裂け、刺さっていたかごの竹が、しなって外れたのだ。付喪神達の入ったかごは勢いをつけ、空の下へ飛び出していった。

「きゃーっ」「みぎゃーっ」「ぐわーっ」

かごの中では猫神が、大きなふわふわした体で、小さな皆を出来るだけ庇おうとする。地面が目の前に迫って来ていた。

5

十夜と市助、それと清次が、舟で隅田川を遡っていた。五位達付喪神のおかげで、思いもかけないほど早く、鶴屋に関わりのある怪しい者を見つけられたからだ。

出雲屋へ集まっていた十夜達は、一旦鶴屋へゆくと、まずは付喪神達を影の内へ送り出した。

「店にいる皆のことを、よく見ててね」

それから十夜は一つ、事を謀った。

まず、〝つくも……達が騒ぎ、大事になった。急ぎ、戻ってくれ〟という、偽の文を書いた。盗人《ぬすっと》仲間から届いたかのような文を、作ったのだ。

そしてそれを、鶴屋ゆかりの者に見せ、慌てて動く者が居ないか、確かめにかかった。

「こんな文が落ちていた。お前さんのものですか？」

目にした大方の者は、訳が分からない様子で首を横に振った。だがしばらく経った頃、鶴屋出入りの商人与《よ》助《すけ》が、妙な動きをした。文を目にした少し後、用を思いついたと言い店を離れたのだ。

そのことを、影の内から見張っていた青海波と黄君が、十夜達へ知らせてきた。

「今、子犬姿の小石丸が、与助を追ってるよ」

「五位も鷺の姿になって、空から見張ってます。与助は西へ向かったようで」

鶴屋とすおう屋には、万一、付喪神達が戻ってきた時の為、残ってもらうことにし、十夜、市助、清次が大急ぎで与助を追う。しかし、走って追ったのでは町中で目立ち、隠れながらでは見失いそうだった。十夜達は空にいる五位の姿を目印に、何とか跡をつけた。

すると与助はじき、急に足を止めた。追いつくことが出来、ほっとしたものの、五位は鋭い鳴き声を上げている。慌てて辺りを確かめると、深川に多い堀川の側へ来ており、少し行った先には、隅田川の流れがあった。

「あ、きっと舟を頼む気なんだ」

十夜達がいるのは深川で、隅田川に架かる橋の内、一番海に近い永代橋《えいたいばし》と、より北に架かる次の橋、新大橋《しんおおはし》の間くらいの場所であった。

「わたしらも、舟を見つけなきゃ」

幸い、深川は堀川が多い場所だから、困ることもなく猪牙《ちょき》舟《ぶね》を見つけることが出来た。清次は鯔背《いなせ》な船頭に、酒手《さかて》をはずんだ。

「ほら、向こうの船着き場辺りに、川上へ行く舟があるだろ？　あれを見失わないで欲しいんだ」

頼みこむと、何の用と思ったのか、船頭は任せろと頷き、それは見事な艪《ろ》さばきを見せてくれる。隅田川の流れを遡って行くから、舟足は大して速くはないが、それは向こうも同じだ。新大橋をくぐり、浜町《はまちょう》の横を過ぎると、次は両国橋が見えてくる。その辺りで、市助が顔をしかめた。

「うわ、あそこは大きな盛り場になってるからか、舟の数が多い。困ったな」

両国橋の辺りには、幾つも船着き場があり、多くの舟が出入りしていた。舟遊びに来た者達へ物を売る、うろうろ舟も沢山いる。川上に並ぶ蔵へゆく大きめの舟など、大小多くが行き交い、与助の乗る舟はその間に紛れ、じきに分からなくなっていく。

「拙い、どの舟だったたっけか」

船頭が、狼狽《うろた》えた声を上げた、その時だ。空にいた白い鷺が、大きな両国橋の東側へ、すいと降りていく。十夜が対岸を指した。

「船頭さん、東の盛り場へ舟を着けられますか」

「おう、任せな。誰を追ってるのか知らんが、負けるんじゃねえぞ」

　喧嘩でもしに行くと思ったのか、励ましてくる船頭の声に、気合いが入っている。

三人は東岸に上がったものの、そこは数多《あまた》の人が行き来をしていて、与助を見つけることは出来なかった。五位も居場所が分からないのか、くるくると空を舞っている。

「さて困った。どうしようか」

　人で溢《あふ》れかえっている両国橋で、一人の男を捜すのは難しい。三人が顔を見合わせていると、その時驚いたことに、橋の袂《たもと》をとことこと、駆けてゆく子犬が目に入った。

「おっ、小石丸じゃないか。与助を追ってたはずだよな。舟には乗らなかったのに、思ったより早く着いたもんだ」

　犬ならば、匂いをたどれるかもしれない。十夜達は賑わいの中、小石丸の後をついて行った。しばらくは、話し声ばかりが耳に入ったが、その内三人の方に、騒ぐ声が届いてくる。

「おや、何があったのかな」

　周りの者に聞いてみたが、はっきりした答えは返ってこない。とにかく人が集まっている方へ進むと、じき、騒ぎの大本が目に飛び込んで来た。足を止めていた小石丸を拾うと、三人は顔を見合わせることになった。

「わあっ、派手なことになってる」

両国の盛り場には、目立って背の高い小屋が幾つかそびえている。その大きな小屋の一つで、壁が、皮が剝《む》けたかのように、だらりと外へ垂れ下がっていたのだ。

「何であんなことに……」

十五で、まだ盛り場に詳しくない十夜達は、ただ魂消ている。よく見ると小屋の壁は、どこかで見かけたようなものを、綴《つづ》り合わせて作られていた。

「剣菱《けんびし》とか灘《なだ》の酒とか書いてある。あの小屋の壁って……酒樽《さかだる》を包んでる薦《こも》で出来てるのかな？」

市助が呆《あき》れた顔で、小屋から垂れ下がったものを見上げた。

「よくあんなものをくっつけて、小屋を作ろうと思いついたな。隙間から風も雨も、入り込んできそうだ」

すると清次が二人の隣で、苦笑を浮かべた。

「盛り場は元々、火事を食い止める為の火《ひ》除地《よけち》、つまり空き地だったんだ。だから今でもお上からは、直ぐ取り払える簡単な作りの小屋しか、建てて良いというお許しが出ない」

そういう決まりなのだそうだ。

「そして酒薦にはな、大事な酒を守る為、水を弾くものが塗りつけてあるらしいんだ」

つまり小屋を簡単な作りにしたい時、薦は壁の材料に向いているのだろう。

「十夜、市助、見ろ。この辺りには土蔵みたいな、頑丈な建物はないだろう？」

「本当だ。で……何で、そういう小屋の天辺《てっぺん》に、五位がとまってるんだろう」

壁が破れ、周りで男達が騒いでいる小屋に、五位が姿を見せ、十夜達を見下ろしていたのだ。そして小石丸は怪しい男与助を追い、この辺りまでやってきた。与助は、十夜が書いた偽の文を信じ、慌てて妖達の所へ戻ってきたはずなのだ。つまり。

「ねえ市助。もしかしたら、あの壊れかけた大きな小屋で、付喪神達が何か騒ぎを起こしてるんじゃないかな」

あり得る話だと、友が頷く。

「あいつら、影の内を通って帰って来なかった。余程困ったことに、巻き込まれてるはずなんだ」

そんな時、十夜や市助、こゆりが良く知る妖達なら、どうしただろうか。

「大人しくはしてないよな」

十夜達が助けてくれるはずだと考え、自分の身を損なわないよう、静かに待っているとは、とても思えないのだ。

「おれ達は頼りないから、きっと両国まで来られないとでも、思っていそうだ」

市助の言葉は、当たっていると思う。

「それで無茶をして、捕らえられて、あの大きな小屋にでも押し込められたかな。だけど、それでも馬鹿を続けたと思う」

　そして。

「逃げる為に、小屋の壁を引き裂くくらい、やりそうじゃないか。一体、どうやったらあんなことが出来るのか、分からないけど」

　それは、怖い話でもあった。あんなことをしたら、付喪神は恐ろしい妖として、退治されてしまうかもしれない。もし器物本体が壊れたら、妖ではいられなくなると、当人達から聞いたことがあった。

「皆、怪我していなけりゃいいけど」

「急いで確かめよう。それにしてもここ、人が集まってるな」

　清次が先頭に立って、何とか人波をかき分け、小屋の方へ進んでゆく。見世物小屋を見上げている男達が見えてきたが、清次が思わず十夜達を背に庇ったほど、面構えの凄い面々が揃っていた。

　彫り物をしている男が多い。火消しの兄ぃ達の彫り物は、鯔背に見えるものだが、見世物小屋を囲んでいた男達の様子は、清々《すがすが》しさとは縁が薄い。

（ばくち打ち達、だろうか）

　ならば眼前にある背の高い小屋は、今、賭場《とば》として使われているのかもしれない。

男達が表へ出ているのは、賭場である小屋が壊れかけているからだろう。

その時、場違いな風体で現れた三人に、博徒達が鋭い眼差《まなざ》しを向けてきた。

「おや、随分若い客が来たもんだ。だが、間が悪かったな。今、ちょいと場を休んでるところだ」

「えっ？　何かあったんですか？」

ここで市助が、素直な顔で問う。すると、彫り物を背負った男が、にやりと笑った。どうやら若すぎる十夜達は、賭場へ挑戦しに来た、無謀な若者に見えたらしい。男はついと小屋の上方を指し、あっさり教えてくれた。

「見りゃ分かるだろう。壁代わりの薦が剝がれて、落ちかけてるのさ。雨に降られて、小屋の内が駄目になる前に、直さなきゃならん」

高い場所を覆うものだから、素人《しろうと》では歯が立たず、繕うのに職人を呼ぶことになる。

「物入りなこった。おまけに小屋が直るまで、おれ達も暇になっちまう」

つまり賭場は、当分休みになるのだ。もし薦が小屋の外へ落ち、両国へ遊びに来た者に当たって怪我をさせたら、同心を呼ぶ騒ぎになる。それを避けたいのだろう。

「だから若い兄ちゃん達。勇んで賭場へ来たんだろうが、今日は諦《あきら》めな」

十夜は口を引き結んだ。

（困った。これじゃ、あの小屋へ入れないぞ）

十夜は追ってきた与助が居ないか、小屋周りに目を配ってみる。

（あの男がここに来てたら、付喪神達は間違いなく、目の前の小屋にいるはずだ）

確かに居ると納得できれば、恐ろしげな博徒に止められても中へ入り、仲間を取り戻しに行かねばならない。しかし無茶をする為には、確信が欲しい。

（くそっ、与助さんが都合良く、現れちゃくれないか）

突っ込むか、一旦引くか。どうやったら、決心をつけられるのだろうか。

この時また、薦の端切れが上から落ちてきて、十夜は顔を高い建物の天辺へ向けた。すると、下からではよく見えなかったが、何かが破れた薦の向こうで、動いた気がしたのだ。

（付喪神達なのか？　あそこに居るのか？）

馬鹿と無謀が練り合わさった考えが、むくむくと浮かんでくる。それを自分はやる気だと気が付いて、十夜は思わずにたりと笑った。

「お前、どうしたんだ？」

横から清次が、戸惑うような目を息子に向けてくる。

（おとっつぁんに、迷惑をかけることになるかな）

だが十夜は、決意が鈍らない内に、思い切ってやるしかないと思った。そして大声を、裂けた小屋の壁へ向けたのだ。

「月夜見、野鉄、猫神、いるか？　お姫、うさぎ、無事か？」

　さすがに、付喪神という言葉は言えなかった。だが、いきなり大声で叫んだことが、賭場を休まねばならなかった博徒には、十分かんに障ったらしい。先ほど話した男が、十夜の胸ぐらを摑み、顔を寄せて睨んできた。

　横にいる市助や清次も、あっという間に男達に囲まれ、付喪神達が上にいるのか、目を向けることも出来ない。

「おめえら、何、わめいてんだ？」

　一斉に、凄みながら体を押しつけてくる。何のつもりかと言葉に怒りを混ぜ、十夜達を押しつぶさんばかりに圧してきた。

「誰を呼んでんだ？　おめえら、あの小屋に、何かしたのか？」

「おい、それで小屋が、壊れたんじゃねえだろうな」

　背の高い男が、十夜の頭を両の手で摑んだ。首をもぎ取られるかと思うほど痛い。もう一度、付喪神達の名を呼びたいと思ったが、声が出なかった。後悔したが、もう遅い。

　その時、何かが聞こえた気がした。そして。

　そして。

「ひあああっ」

どこからか、悲鳴が近づいて来たのだ。そう思った瞬間、眼前の男の頭に、がこんと大きなものがぶつかって、見事に跳ね上がった。

「うわっ」

魂消ていると、続いて上から、ぱらぱらと細い竹が降ってきた。背の高い博徒が声もなく倒れ、それを支えようとした男の頭に、再び落ちてきた竹かごがぶつかる。

「げっ」

打ち所が悪かったのか、二人目は頭から血を流し、しゃがみ込んでしまった。十夜と市助、清次が、言葉もなく立ちすくんでいると、今度は上から猫が降ってきて、十夜の背にしがみついた。

「猫神っ。やっぱり、ここにいたのかっ」

「助かった。我らが落ちたのは……きっと悪い奴の上だな。うん、そうだろう。なら、いい」

猫神は、十夜の腕の方へ移ると、側にいた清次と市助へ、お姫と月夜見を素早く渡す。うさぎは十夜の袖《そで》の内へ、己の力でもぐった。野鉄を捜すと、五位の方へ飛んでいくのが目に入った。

「良かった！」

本心から口にした。涙まで出てきそうだった。

ただ。そう言った途端、博徒達は顔を悪鬼のように変え、十夜達をとり囲んできた。

6

「その猫、てめえの猫か。ならばおれらの仲間が、二人も倒されたのは、てめえのせいだな」

どうしたら、そういう話になるのかは分からないが、博徒達は決めつけてくる。

余程痛かったのか、最初にかごがぶつかった方は、まだ気を失ったままだ。十夜は、腕の中にいる猫神から事情を聞きたかったが、何しろ周りには、博徒達が大勢いる。おまけにそれを、両国へ遊びに来た客達が、とり囲んでいた。そんな中で猫と話すなど、出来るはずもなかった。

「おい、どういうつもりなんだ、若いの」

「兄ぃに、恨みでもあったのか」

博徒の怒りは収まらず、全ては十夜達の仕業だと言い立てる。清次が、己が話すと言い出したが、十夜と市助が袖を摑み、押さえた。相手が多すぎる上、落ち着いて話が出来るようには思えない。他の手を考えねばならなかった。

（もし喧嘩になったら、付喪神達は影の内へ逃がそう。皆の見ている前で消えたら、

言い訳が大変だろうけれど）

それでも、やらねばならない。付喪神達を壊してしまったら、何の為に迎えにきたのか分からなくなるからだ。

とり囲んでいる博徒達の声は、更に大きくなってゆく。怖い目が三人へ集まり、総身が震えてくる。

「みにゃーっ」

猫神が毛を逆立て、上から野鉄達も見ているのが分かる。このままだと、付喪神も巻き込んでの一戦となりそうで、顔が引きつってきた。

（どうしよう……）

今度こそ、答えが何一つ、思い浮かばない。せっかく付喪神達と会えたというのに、何故、こんな話になってしまうのだろう。

（どうしようっ）

いよいよ、切羽詰まった。博徒の手が伸びてくる。

そして、その時。

「そこまでにして下さい」

静かな声がして、あれほど騒がしかった博徒達が、見事に黙った。

「えっ？」

周りの顔が向いた方へ、十夜も目を向ける。するとそこに、驚くほど若い男が立っていた。

十夜と同じほどの歳に見える若者だが、博徒達を前にしても、落ち着いた顔をしている。若者は三人へ、挨拶をしてきた。

「手前は春夜《はるや》と言います。今、後ろにある小屋を、任されている者です」

「おや、随分とお若いのに、この賑やかな両国で、大きな小屋を預かっているのですね」

お世辞ではなく、清次が驚いた声を出している。春夜は笑うと、集まっていた男達に、出雲屋の皆さんに迷惑をかけてはいけないと、釘を刺した。

「実はね、損料屋の出雲屋さんから、料理屋へ貸し出されるはずだった荷が、間違ってうちの小屋へ来てしまったんだよ」

もちろん損料屋は、困ったに違いない。

「お三方はそれを、取りにみえたんだ」

こちらの手違いから、出雲屋へ迷惑をかけたと言い、春夜がやんわりとまた頭を下げる。十夜の横で、市助が戸惑っているのが分かった。

「えっ……そういう話じゃ、なかったと思うんだけど」

すると、ここで清次が、十夜へ人形のお姫を渡してから、前に進み出た。それから春夜と向き合い、まるで商売相手に対するような調子で話し始める。

「これはこれは。ご丁寧なお言葉、ありがとうございます。では春夜さん、手違いで、こちらの小屋へ届いた品、損料屋出雲屋へ返して頂いて、大丈夫でしょうか」

「ええ、もちろん。ご迷惑をおかけしました」

やり取りを聞いていると、まるで芝居の一幕のように思えて、納得できない。しかし、じき、十夜にも、春夜があっさり付喪神達を手放す訳が、分かってきた。

(付喪神達は、小屋から外へ出てしまった。お姫の人形や月夜見の掛け軸を、盛り場を行く人達に、見られちゃったかもしれないんだ)

その品が、どちらのものなのかを争ったら、お上が出てくることになる。出雲屋は損料屋だから、既に付喪神達を、あちこちに貸していた。損料屋の品だと証言をしてくれる者は多いだろう。つまり。

(盗人達の負けとなる)

となると、春夜が品物を盗んだのかと、お上から疑いの目を向けられてしまいそうだ。

(付喪神を奪う件は、失敗と決まったわけだ。で、あの春夜さんという人は、手違いがあり、たまたま荷が別の所へ運ばれたということにして、この件を終わらせる気なんだね)

後で、付喪神達から話を聞けば、それが真実ではないことくらい、分かるだろう。しかし、だ。

(妖が絡んだ話は、表には出せないから)

よって出雲屋は、表向き平穏な終わり方を選ぶしかない。清次も盗人も、お互いそれを分かっているのだ。

(面白くないっ)

真剣にそう思ったが、十夜に別の手が打てるわけでもない。それに博徒達の騒ぎは、春夜が収めてくれるらしい。驚いたことに博徒らも、ここで十夜達へ頭を下げてきたのだ。

「ああ、倒れた岩助《がんすけ》さんが、やっと起き上がったか。見事な瘤《こぶ》が出来てるね。一応、医者に連れてっておくれ。それと」

今回は出雲屋に手間を掛け、申し訳なかった。よって、掛かった船賃くらいは出すと春夜が言い始め、それを清次が断っている。

春夜も清次も、柔らかく笑ってはいる。しかし半端で、納得できない幕引きをしていると承知しているからか、清次の口元は引きつっていた。こんな始末の付け方は、十夜には初めてのことで、何ともむずがゆい。

(やれやれ。これが商人のやり方か)

この騒ぎを肝に銘じ、付喪神達のことは、もっと気を付けてやらねばと思う。しかし付喪神達に、大人しくしていろと言っても、納得し、言うことを聞くかは分からない。溜息《ためいき》を漏らしていると、ようよう、清次が帰ろうと言ってきたので、小屋の天辺に留《とど》まっている五位や野鉄へ目を向ける。

すると、だ。

その時、春夜が笑みを浮かべ、十夜を見てきた。そして十夜へも頭を下げ、これからも、よろしくお願いしますと告げてくる。更に、最後に一言、付け加えた。

「また会いましょう。出雲屋にいる兄さん」

「えっ？」

思わず春夜を見た。しかし挨拶が終わったからか、若者は踵《きびす》を返し、さっさと背を向けてしまう。

（あれ、聞き間違いか？　兄さんと言われたような……）

若い男という意味で、言われたのだろうか。一度はそう思い、十夜も清次達と隅田川へ足を向ける。

しかし、今聞いた言葉が、頭から離れないだろうことは、十夜には分かっていた。

二百年前

序

おお御身《おんみ》、我らに、会いに来てくれたんだな。話を聞いてくれるのか。

嬉《うれ》しい。にゃん、凄《すご》く嬉しいぞ。

我は、猫神という名だ。よろしくな。

元々は根付けという細工物として、この世に生まれた者だ。財布や袋物などを帯に引っかける時に使う、洒落《しゃれ》た品だ。

　手のひらにちょこんと載る程の大きさで、綺麗《きれい》な猫の細工物だと、皆が言ってくれる。よって長きにわたり、大切にされてきたわけだ。

すると、だ。我は年を経て、大きく変わった。人ならぬ者になれたのだ。

そう、物となり百年が過ぎると、妖《あやかし》と化し、話したり、影の内へ入ったり出来るようになる者がおる。それが我ら、付喪《つくも》神《がみ》なのだ。

　まあ、百年大事にされ続けている物は、多くはない。この猫神など、作られて二百年程歳古《としふ》っておるが、出会った付喪神は少ないから、皆、思い出せるほどだ。それで我らは、ちょいと寂しがりだったりするんだよ。

だから御身のように、こうして会ってくれる御仁《ごじん》がいると、思わず笑みが出てしまう。涙までこぼれてしまう。そう、要するに今、心に、ぐっときているわけだ。

なあ、ずっと仲良くやっていこうな。

ところで、我がいつも暮らしている古道具屋兼損料屋、出雲屋には、やはり寂しがり屋でお喋《しゃべ》りで、お八つが好きな仲間が何人かいる。物を貸し出すのが商売の損料屋ゆえ、古道具が集まり、その中に付喪神もわずかにいたのだ。

みぎゃっ、痛い。お姫、お八つが好きだと言われたからって、怒るな。本当のことだろうが。姫様人形の付喪神でも、饅頭《まんじゅう》や焼き芋を食べたっていいだろうに。

何？　寂しがり屋と言われた方が、気に入らんとな。ふみゃあっ、気位が高いな。さすがは姫様というか。

この店には他に、根付けの野鉄、掛け軸の月夜見、櫛《くし》のうさぎ、煙管《キセル》の五位などなど、仲間がいる。そしてな、今日は皆で、出雲屋へ預けられたばかりの、ある屏風《びょうぶ》を見ているところなのだ。

六曲一双の屏風は先刻、出雲屋の主《あるじ》である清次が、店奥《たなおく》の板間に広げたものだ。名は〝大江戸屏風〟と言うそうな。

「大きな屏風だな。見事な品だ」

月夜見が感心して言うのもどうりで、屏風は、ほれ、このように美しい。

江戸の町が、細かく描かれておるだろう？　右隻《せき》には江戸の郊外や上野《うえの》、浅草《あさくさ》などの名所が見える。左隻には江戸城や、日本橋《にほんばし》、神田などの町人地が描かれている。

金の雲が、各場面を区切っているのが贅沢《ぜいたく》だ。屏風全体が、きらきらしく見えるのがいい。

「にゃん、高そうだ。これ、お武家が一杯描かれてるから、お武家の持ち物だよな」

実は、この猫神がちょいと不思議に思ったのは、そこ、武家用というところだ。この出雲屋は昔に比べると、随分大きな店になった。だがな、お客は町人がほとんどなのだ。売るにせよ貸すにせよ、扱っている品は、町で暮らす皆が手にするものなのだ。

一方、預かった〝大江戸屏風〟は、そういう気軽な物ではない。御身も変だと思うよな。

「何でこれが、出雲屋へ持ち込まれたんだ？　持ち主、まだ出雲屋から帰ってないよな」

みゃあ、我らは興味津々だったゆえ、客間の天井裏へゆき、屏風を持ち込んだ客の話を、聞いてみることにした。すると持ち主は、篠崎《しのざき》という旗本だと分かった。蜂屋《はちや》と名乗る旗本と、一緒に店へ来ていたのだ。

そして何と！　あの屏風は篠崎家の先祖が、天下の主、徳川《とくがわ》家から拝領した品だという。

「それはまた……素晴らしい由来で」

店主の清次は戸惑った顔で、跡取りの十夜と目を見合わせている。我ら付喪神は話をあれこれ聞いた後、首を傾《かし》げつつ、天井裏から店奥の板間へ戻った。そして屏風の前で、まず口を開いたのは月夜見だ。

「篠崎様は、屏風を出雲屋へ預けた訳を、こう口にしておったな」

篠崎の屋敷で小火《ぼや》が出て、奥の棟を建て直すことになった。しばらくの間、大工達が大勢、屋敷へ出入りする。それゆえ大事な屏風を、友の蜂屋が勧める出雲屋へ預けたいと言ったのだ。

「旗本の蜂屋様？　どこかで聞いた名だ」

首を傾げる我の横で、月夜見が小さく「あっ」と声を上げた。

「思い出した！　蜂屋様とは、勝三郎《かつさぶろう》様のことだ！　昔、根付けの利休鼠《りきゅうねずみ》を捜しておった、あの方ではないか」

「おお、そういえば」

野鉄が頷《うなず》く。蜂屋という旗本は、出雲屋の昔の客なのだ。婿入り前に、先方から貰《もら》った鼠の根付けを無くし、それを清次に捜してもらったのだ。根付けは付喪神になっていたので、他では捜せなかったのだ。

それを、出雲屋の付喪神達が鬼神のごとき活躍をし、間抜けな主に代わって利休鼠を取り戻してやったのだと、野鉄が話した。

「勝三郎様はそのおかげで、無事、旗本蜂屋家の婿養子になったわけだ」

今回出雲屋を頼ったのは、蜂屋がその時のことを覚えていたからだろうと、月夜見が重々しく言う。

ただお姫は、それは少し妙だと口にした。

「だって拝領品は、とんでもなく大事な品なんでしょ？　何で蜂屋様自身が、自分のお屋敷で預からないのかしら」

「店へ預けると、金が掛かるのにな」

皆も揃《そろ》って、困ったような顔になった。

その時だ。出雲屋の付喪神達は、一斉に屏風を見た。答えが何と、屏風の中から聞こえてきたからだ。

「ちゅいーっ！　怖いです。助けて下さいっ。勝三郎様、誰か。猫に追われてますっ」

「まあっ、あの声、利休鼠じゃない」

しかし、屏風からどうやって出たら良いのか、分からないらしく、泣き声は続く。

目を凝らして見ると、何と屏風絵の中を、本当に小さな鼠と、猫が駆けて行くのが分かる。二匹は橋を渡りきると、川沿いを進み、程なく金の雲の下へ隠れてしまった。

「ありゃあ」

我らは顔を見合わせた。そして利休鼠に何が起きたのか、思いつきを語った。

「多分蜂屋様は、友、篠崎様のお屋敷で、将軍家より拝領の屏風を、見せて頂いたのだ」

立派な品だから、褒める言葉に嘘《うそ》は要らない。蜂屋は大いに屏風を賞賛し、篠崎は機嫌良く、友と屋敷で飲んだのだろう。

「ところがその時、蜂屋様が付けていた根付け、利休鼠が、篠崎家の猫に、目を付けられたのかもしれん」

あの鼠の付喪神は、気が小さかった。野鉄がそう口にすると、皆が頷いている。根付けの姿のまま、知らぬ振りをしていれば良かったのに、付喪神の姿になって逃げたのだ。

「それで篠崎家の猫に追われ、利休鼠は……猫と一緒に屏風の中へ飛び込んでしまったのかな」

何故《なぜ》そんなことが出来たのか。訳は簡単だと、五位が絵の内の、日本橋辺りを指さす。目を凝らすと、〝大江戸屏風〟の中の人々は、一見分からぬほどゆっくりと、絵の中を動き回っていた。

「この屏風、付喪神となっておるようだ。おい、屏風殿、挨拶《あいさつ》をしてもよいか？」

月夜見が屏風へ問うたが、応《こた》えがない。まだ口がきけないのか、それとも話す気がないのか。とにかく屏風絵は付喪神で、つまり妖なのだから、描かれてから百年以上の時を刻んでいる品なのだろう。

「そう言われてみれば、絵の中の町が、今とは違いますね」

双六《すごろく》のそう六が言うと、己も随分と時を経ている月夜見が、屏風は二百年は前ものだろうと口にした。

「おなごの着ている着物や髪型が、江戸でも随分と前のものだ。間違いなかろうさ」

すると金色の雲の下から、また利休鼠の悲鳴が聞こえてくる。付喪神達は目を見合わせ、何人かが立ち上がった。

「仕方がない、利休鼠を助けにゆくか」

「月夜見、大丈夫なのか？　この屏風は口をきかぬ。中で何が起こるか分からぬぞ」

心配したのは、五位だ。つまり利休鼠を助けるのに、時がかかるかもしれなかった。

「だから明日、貸し出されると決まっている者は、来るんじゃないぞ」

そう言うと、己は屏風へ近づいてゆく。

「他に誰が行ける？　この五位と、野鉄、月夜見、お姫、猫神か。まあ五人もいれば、利休鼠一匹助け出すことくらい出来るさ」

もし早く帰れず、清次や十夜に見つかったら、残った皆で言い訳をしておいてくれ。

そう言うと、五位はさっさと屏風の内へ入った。

行きは良い。帰るのは難しい。そんな言葉がこの猫神の頭をかすめたが……行くしかないさ。

無事に帰って来られるよう、御身、祈っていてくれ。

では、行ってくる。

1

出雲屋の跡取り息子十夜は、父の清次と共に、頭を抱えていた。

以前、店の客であった旗本、蜂屋が友を連れ、出雲屋へ現れた。そして客間で、驚くような頼みをしてきたからだ。

おまけに天井から、鼠が立てるのとは違う音が聞こえている。

(付喪神達、お客様の話を聞きに来てるね)

滅多に見られない豪華な屏風が、出雲屋へ持ち込まれたからだ。

「徳川家よりの拝領品だ。素晴らしい屏風であろう？　篠崎家の家宝なのだ」

ところが。その家宝には、いささか怖い話がまとわりついているらしい。

「夜中に、屏風が置かれている納戸の前を通ると、何やら話し声が聞こえるらしい」

屏風は、篠崎家の客間に麗々しく置かれていたものだが、客が来ない日は、納戸にしまわれているという。しかし葵《あおい》の御紋が付いている品だから、捨てたり売ったりは出来ない。下手な噂《うわさ》が立っても困るので、お祓《はら》いをしてもらうことすら、ためらわれるのだという。

「そ、それは大変ですね」

清次が困った顔になった時、蜂屋が、ぐぐっと身を乗り出してきた。

「出雲屋は、妙なことに関わるのが得意であろう。部屋住みだった頃、わしは助けてもらった」

「いや、以前のことはただ、根付けを捜しただけで……」

「この屏風を、他へ預けるわけにはいかぬのだ。篠崎家へ出入りする大工らに、妙な声を聞かれても駄目だ。蜂屋家が預かり、奉公人らを驚かせ、妙な噂になるのも困る」

篠崎と蜂屋は頭を抱えていた。すると出雲屋の名を、思い出すことが起きたという。

「わしは最近篠崎家で、あの利休鼠を失ってしまった」

突然、帯に挟んでいた根付けが、どこかへ消えていたという。おまけに篠崎家の猫まで、姿が見えなくなった。蜂屋は友の屏風を出雲屋に預け、ついでに、また利休鼠を取り戻してもらおうと考えていたのだ。

「おや、それは」

十夜はちらりと、静かになった天井を見た。

(奇妙な〝大江戸屛風〟は、付喪神達の仲間になっているのかな。うちの付喪神達と、仲良くなれるかしら)

もし、屛風がそういう素直な付喪神なら、預かるのはたやすい。

ただ。十夜は一寸《ちょっと》、眉《まゆ》を八の字にした。

(今まで付喪神達が関わったことで、簡単に済んだ時って、あったっけ？)

つい先日も、出雲屋の付喪神達は両国で、大騒ぎを起こしたばかりであった。

(あの時現れた、春夜という若い男、妙なことを言ってた)

付喪神達に手を出してきた男は、十夜のことを、〝兄さん〟と呼んだのだ。さっぱり訳が分からなかったが、しかし心は騒いだまま、収まってくれていない。

(わたしは……拾われっ子だから)

ということは、どこかに血の繋《つな》がった、知らない兄弟がいても、おかしくはなかった。十夜を捨てた後、親は次に生まれた弟妹を、ちゃんと育てたのだろうか。それとも生まれた子を、親は皆、捨ててしまったのか。

(何でそんな風に、考えてしまうんだろ。ただ、若いお人という意味で、兄さんと呼んだのかもしれないのに。わたしは、ちょいとおかしくなってるよ)

十夜が首を振った時、清次は旗本二人の願いを断りきれず、とにかく屋敷を建て直す間、屏風を預かると言ってしまった。しかしそれでも、清次は何とか一言付け加える。

「〝大江戸屏風〟の不可思議を、どうこうする力など、うちにはございません。そこは、承知しておいて下さいまし」

旗本達は、屏風を預ける先が見つかり、ほっとしたようで、承知と返事をして帰った。二人を店表まで見送った時、清次は篠崎に、一つだけ聞いた。

「お預かりした屏風ですが、古い品でございますよね。昔から騒がしかったのでしょうか」

篠崎の答えは、十夜には少し、不思議なものであった。

「そうだな、あの屏風の前を通ると、人の気配がすると、以前から家人が噂していた」

ただ、はっきり声が聞こえ始めたのは、最近のことだという。納戸にしまっていたので、聞こえ始めた日は分からないらしい。

「一体、どうしてそんなことになったのか」

篠崎は、思い当たることはないと言い置いて、蜂屋と共に出雲屋から帰っていった。

「お前さん、十夜、大層な品物を預かって、大丈夫なの？」

母のお紅は、心配げな顔を向けてきた。

「預かっている間に、あの高そうな屏風に万一のことがあったら、出雲屋が傾くわよ」

清次は頷いた後……一つ息を吐《つ》いてから、腕を組んで言う。

「わたしもそう思った。だが、付喪神が関わっているようなんでな」

付喪神達は先日、妙な騒ぎに巻き込まれている。

「あいつらのことは、とんでもない話に化けかねないから、放っておけない。早く返す日が来るよう、祈っててくれ」

出雲屋の者は、付喪神達が話すことに慣れている。火事にさえならなければ、心配はないだろうと言うと、お紅と十夜が頷いた。

「屏風に、妙なちょっかいを出さないよう、付喪神達に言っておかなきゃ」

さっき妖らが、客間の天井裏に来ていたと十夜が言うと、清次が顔をしかめている。十夜が、屏風を置いてある板間へ顔を出すと、そう六や青海波、黄君達が、既に屏風の前へちょこんと座っていたので、笑みを浮かべた。

「やっぱり皆、屏風に興味があるんだね。だけど、これは預かり物だから……」

言いかけて、言葉が途切れた。いつもであれば、いの一番に現れてきそうな面々が、姿を見せていなかったからだ。

「そう六、野鉄や月夜見は、どうしたんだ？　お姫と五位、猫神もいないみたいだけど」

付喪神達がそっぽを向いたので、十夜は近くにあった桐箱を、急いで開けてみる。

「空だ……」

中身はどこへ消えたんだと問うたが、返事をしない。十夜が、思わず片眉を上げたその時、答えは思わぬ方からもたらされた。

「わあっ、逃げられた。あのぶち猫ときたら、すばしこいぞ」

「猫神、同じ猫のくせに、何で捕まえられぬのだっ」

「ちゅい、怖いですぅ」

「は？　ちゅいって、誰が話してるんだ？」

出雲屋には、鼠の付喪神はいないはずだと、十夜は一寸、呆然《ぼうぜん》としてしまった。そして今の声が、屏風の中から聞こえて来たことを渋々認めると……眼差《まなざ》しをもう一度、そう六達へと向ける。

屏風の前に残っていた面々も、さすがに今度は、仲間の付喪神達がどこにいるのか、話すことになった。

2

猫神はぽんと、塀から道へ飛び降りた。

賑《にぎ》やかな日本橋の町中で、人目がある場ではあったが、猫神は、ふさふさとした毛並みの猫にしか見えない。誰も目を向けてきたりしないから、飛べないお姫と月夜見を背に乗せ、利休鼠をくわえたぶち猫を追っていた。

「猫の姿が消えたぞ。どこへ行ったんだ？」

月夜見が空を見上げると、蝙蝠《こうもり》の姿になった野鉄が、空から先に見える店を指さす。

「猫は、角地にある大店へ入ったぞ。右手にある、三階櫓《やぐら》がある店だ」

「みゃあ、あれは呉服屋だよな。何で三階があるんだ？　この猫神は、見たことがないぞ」

すると月夜見が背で、二百年程前は、三階建ての町屋があったと口にする。

「今の江戸じゃ見ないから、お上からお触れが出て、禁止されたのかもな。人はよく、訳の分からぬことをするから」

五位鷺《さぎ》として、鷺の姿になった五位も、空で首を傾げている。

「どうして、高い所に部屋など作るのだ。階段を上るのが、大変ではないか」

「みゃあ、偉くなった気がするのかも」

猫神は、呉服屋近くにあった木戸に足を引っかけ、ぴょんと上に乗ると、そこから上手に、ひさしへ飛び乗った。そして屋根を駆け上がり、三階を目指して行くと、窓の辺りに、目当てのぶち猫の姿が見える。

「しゃーっ、利休鼠を返せっ」

にらみ付けたところ、相手もしゃーっと、脅し返してきた。すると当然のことながら、開いた口から鼠の利休が落ちる。猫が一寸慌てた時、空から五位が舞い降り、あっという間に利休鼠をさらって舞い上がった。

「みぎゃーっ」

怒ったぶち猫が、飛び上がって五位へ爪を立てようとしたが、猫神が屋根の上で、ぶち猫へ思い切りぶつかって止めた。二匹はお姫や月夜見と共に、そのまま屋根を転がり、端でとんと跳ねると、道へ落ちてゆく。

「きゃーっ」「わーっ」「みぎゃーっ」

悲鳴が揃った、その時だ。

二本の手が、がしっと猫神の首玉を摑《つか》んだ。ぶち猫だけが、下を通った大八車の上へ落ちてゆく。

「みぎゃっ」

一瞬、潰《つぶ》れたような声は聞こえたものの、ぶち猫は直《す》ぐに足を踏ん張り、屋根を見上げてきた。だが屋根へ引き上げられると、猫神にはその姿も見えなくなり、怒ったような猫のうなり声だけが屋根から遠ざかってゆく。

「感謝だ。誰が助けてくれたんだ？」

猫神は、振り返って礼を言いかけ……そのまま、ぽかんと口を開けていた。背から、お姫の驚いた声が聞こえる。

「まあっ、お前さん達、両国の悪党だわ。先にわたし達と揉《も》めた、付喪神達じゃないの」

　世直しをする仲間が必要だと言い、出雲屋の付喪神達を閉じ込めた輩《やから》だ。おかげで皆、両国で壊れかけた。その付喪神三人が、呉服屋の屋根に立ち、猫神を助けたのだ。

「お前さん達、あの春夜とかいう胡散《うさん》臭い若者に、使われてるんじゃなかったのか。みゃん、何で今、古い屏風の中にいるんだ？」

　目をぱちくりとさせて、思わず問うた後、猫神は慌てて、助けてくれたことへの礼を言う。すると阿真刀、青馬、文字茶の三人は、どういたしましてと、律儀に頭を下げてきた。

「我らはあの後も両国の、春夜の許《もと》にいるのだ。するとある日、この古い屏風のことを調べてこいと言われた」

　春夜は両国の小屋主として、芸人も抱えているらしい。屏風の持ち主である旗本の酒宴へ、芸人達が呼ばれた日、春夜も同席した。そして付喪神達を、屋敷にあった屏風の中へ放したのだ。

「この屏風絵の中には、二百年前の江戸が、残っているとのことであった。今では分からなくなったことや、無くなったものを、絵の内で探してきて欲しいと言っていた」

一体、何を知りたいのかと問うたが、どんなことが残っているのか、春夜にも分からないという。聞いても無駄らしい。

「何だ、それ」

とにかく今日の阿真刀達は、出雲屋の付喪神達を、閉じ込める気などないようだ。猫神達は一つ息をつくと、通りから見えない三階櫓の影に入り、座ってゆっくり阿真刀達の話を聞き始めた。

「ここは、元の江戸とは随分違うよなぁ」

両国の付喪神三人は、屋根の上から通りを見下ろしつつ言った。

「たとえばこの江戸には、江戸城の天守閣が残ってる。もう行ったか？　我らが暮らしている江戸では、とうに焼け落ちて無いものだ」

「いや、我らは屏風に、入ったばかりなのだ。へえ、ここには、そんなものがあるんだ。大きな天守か？」

「月夜見殿、そりゃあ大きかったぞ。日の本一の大きさだそうだ。戦《いくさ》もない世になったから、焼けた後、建て直さなかったんだろうな。あの大きさじゃ、金が掛かりすぎる」

ほおおと、出雲屋の付喪神達はうなった。

「この後、焼けると決まっている、立派な天守か。そこに今、何があるのだろうな」

阿真刀は色々なことが分かるだろうと口にして笑った。たとえば、だ。

「そう、本能寺《ほんのうじ》で亡くなったという信長《のぶなが》公の遺体が、どこに消えたか、とか。そんな話だとて、この地でなら分かるかもしれんぞ」

「えっ？　阿真刀殿、本当にそんなことまで、分かるのか？」

瓦《かわら》の上で、野鉄が思わず腰を浮かした。

「わたしは信長公の最期が、ずっと不思議だったのだ。それは凄い」

「ちゅい？　信長公？」

「たとえばの話だ。そんなに公のことが気になるなら、あの大きな天守閣の中を、探してみればいい」

江戸城天守閣が焼けたのは、確か江戸に幕府が出来て、五、六十年程後のことだと、阿真刀が口にする。

「つまり、天守閣が建っているこの屛風の中の江戸は、まだ戦国の世から、大して時が過ぎておらん。本当に分かるかもしれんぞ」

ただ、皆が暮らしていた頃より、屛風にいる男どもは喧嘩《けんか》っぽやい。皆、腕も立つ。

「表を歩く時は、気をつけろよ」

まあ、出雲屋の付喪神達の中には、飛べる者がいるから、天守へ行くのは難しくはなかろうと、阿真刀は言う。

「しかし、先ほど言ったように、江戸城天守閣は、それは大きいのだ。お主達五人で……いや、鼠もいるから六人か。謎を探すのは、大変だろうな」

　この屏風の中には天守閣だけでなく、今は残っていない豪華な大名屋敷や、有名な仏閣などが、幾つもあるという。江戸は大火に、何度も焼かれている。その時消えた歴史の謎や、各大名家の秘密が、ここにならあるはずなのだ。

　ここで阿真刀は、ぼそりと言った。

「こちらに来て、気が付いた。この屏風の中を探す為、春夜は、付喪神を集めようとしていたのではないかな。我ら三人だけでは、探し切れないと思う」

　しかし一体、何を望んでいるのか、春夜はそれを、付喪神達にも告げていない。春夜はまだ若いから、もしかしたらその上にいる、ろくでもない元締めが悪いのかもと、阿真刀はつぶやいた。

「江戸に、悪い元締めがいるのか……？」

　阿真刀はお姫達の前で、ぶるりと首を振った。

「まあ、そいつはどうでもいいか。我らは春夜が言っていた、失《う》せてしまったものを、必死に探すつもりなどないのだ」

「あら、何も探せないと、戻った時叱られないの？」

　お姫が首を傾げると、青馬が苦笑を浮かべ、出雲屋の面々を見てくる。

「この屏風に入ってから気が付いたことは、他にもある。どうやって出るのか……我らには、とんと分からんということだ」

「ちゅいっ？」

言われてみればと、出雲屋の付喪神達も、顔を見合わせる。入るのは、本当に簡単であった。目の前にあった屏風へ、飛び込めば良かったのだ。

しかし……月夜見が呆然と言った。

「確かに、ここには、昔の江戸が広がっているばかり。屏風の外など全く見えないな」

出口が分からないとは、考えたことも無かった。月夜見達が言葉を失っていると、

しかし自分達は、戻れなくとも構わないと、阿真刀らは言い出した。

「春夜は嫌いではない。しかしあそこは、どうしても居続けたい場所ではない。仲間を二人、失った所だからな」

ならば思い切って、この屏風の中で暮らしてみるのもいい。阿真刀達三人は、今、そう考えていた。

「この中までは、春夜だって手を出せまい」

「そうか。それもまた……一つの道か」

五位と野鉄が頷いている。

「でも我らは、戻りたいぞ。にゃん、出雲屋で、皆が待っているから」

お八つまでに帰らないと、きっと心配をかけてしまう。そう猫神が言うと、阿真刀が何故だか、少し悲しそうに笑った。

「ならば御身達は、信長公の謎より、まずは帰り道を探すのだな」

阿真刀は、屏風の端へ行ったが出られなかったと、猫神達に教えてくれた。両国の三人は、既に試してみたのだ。

月夜見は、助かったと礼を言い深く頭を下げると、ここで阿真刀の顔をじっと見つめた。そして、不意に問う。

「阿真刀殿、お主、いつ頃の生まれだ？」

「わしは江戸が誕生した頃、作られたものだ。戦いには使われておらん」

それで小刀の刃が欠けることもなく、付喪神になれたのだと、阿真刀が口にする。

「他の二人もそうだが、百年前くらいに、古道具屋で付喪神として目を覚ました。それ以来、一緒におる」

付喪神になるには、百年の時が必要なのだ。月夜見は頷いた。

「ならばわしは、お主達へ返礼が出来そうだ。上手《うま》くいくかは分からんが、ずっとこの地にいるというなら、時は十分ある。試してみるのも、悪くはなかろう」

「おや、何をしろというのだ？」

月夜見はひょいと立ち上がると、町並みへ目を向ける。そして、ここは二百年以上も前の江戸だと、繰り返した。

「阿真刀殿達は、既に作られておるはずだ。そしてまだ誰にも、壊されておらぬ」

つまり、失ってしまったという仲間、大刀と扇も、この屏風の中にいるに違いない。

「探せば、会えるかもしれぬぞ」

両国の付喪神達は、目を瞠《みは》った。寸の間、棒立ちとなっている。

「会える？　我が半身、大刀の加羅《から》刀《とう》とまた、会えるというのか？　扇の素々女《すずめ》とも？」

「もしかしたら」

途端、阿真刀が月夜見の手を取り、大きく何度も振った。

「うん、きっと加羅刀達は、この江戸にいるはずだ。我は何としても、相棒を探し出してみせる」

春夜に放り込まれたこの屏風絵の中に、夢のような話が転がっているとは思わなかったと、阿真刀は泣きそうな顔で言う。昔の時が屏風に留《とど》まっていることの意味を、付喪神達は初めて、肌で感じたのだ。

「ああ、ありがとう」

「無事、会えるといいな」

一方出雲屋の付喪神達は、この古き江戸からどうやったら出られるか、これから探っていかねばならなかった。

「我らも必死にならなきゃ。ふにゃ、うっかりしてると浦島太郎《うらしまたろう》に、にゃっちまうぞ」

江戸へ帰ってみれば、出雲屋が既に無く、三百年の月日が流れていた、ということになったら、笑うことも出来ない。

「さあ、出口探しだ」

出雲屋の五人と利休鼠は、瓦屋根の上で立ち上がった。遠くの方から、猫の声が聞こえてきた気がした。

3

十夜は魂消《たまげ》た。

深川にある出雲屋へ、あの春夜が顔を見せてきたのだ。両国に小屋を持ち、付喪神達に手を出してきた、胡散臭い若者であった。

出雲屋から付喪神達が消え、大騒ぎをしていた時のことだ。

「何でこんな時に、来るんだ？」

十夜は、溜息《ためいき》を漏らした。

店の妖達ときたら、旗本から預かっている屏風の中へ、入ってしまったのだ。怒っても、なだめるように声を掛けても、屏風からは返事すら聞こえてこなかった。

「付喪神達は……もしや屏風の中で、迷子になっているのかな？　わたしの声も、聞こえていなかったりして」

　心配した十夜は、小間物屋すおう屋で働いている友、市助に事情を話し、出雲屋へ来てもらった。そして二人で悩んでいる時、何と、春夜が顔を見せたのだ。

　先に、付喪神達を盗んだ相手が、堂々と出雲屋へ来たのだから、十夜と市助は身構え、残っていた付喪神達は隠れる。だが春夜の方は落ち着いた顔で、客間へ通されると礼儀正しく、挨拶の菓子など差し出してきた。

「先日はお世話になりました。今日はお話ししたいことが出来まして、お邪魔しました」

　こちらが戸惑っていると分かったのだろう、己が顔を見せた訳を、春夜はさっさと伝えてきた。何と、先ほど出雲屋が屏風を預かったことを、早、承知していたのだ。

「実はわたしに店をまかせている者は、〝大江戸屏風〟のような昔の絵に、興味を持っておりまして」

　訳は簡単、春夜の所に、付喪神達がいるからだという。

「あの妖達を、古き時代の絵へ入れれば、面白いことを摑めるはずと申しまして」

ただ、春夜の所には、三人の付喪神しかいない。

「絵の内でも、江戸は広いでしょう。もっと数を集めるよう言われていて……先日は失礼しました」

「おやおや」

出雲屋の妖へ手を出してきた訳が、あの豪華な屏風だったと知り、十夜と市助は顔を見合わせる。

春夜は、〝大江戸屏風〟にだけ興味があるわけではないと、正直に言った。ただ、きちんと昔の城や町が描かれている江戸の絵図は、数が少ないらしい。

「上方の町を描いたものは、結構あると聞いております。ですが、江戸は武家の町ですから、難しい」

一介の絵師が、江戸城や大名家の建物、将軍家の御座船を勝手に写し取って、詳しく描いたりしたら、怪しき者として捕まってしまったに違いない。

「城は、戦いの要《かなめ》ともなる場所なので」

多分〝大江戸屏風〟のような豪華な品は、将軍家や大名家など、身分の高い者の為、描かれたものなのだ。

「ああいう絵は面白うございますね。何しろ昔が、絵の中にありますから」

過ぎ去ってしまった時が、画中に留まっている。中でも、出雲屋が預かっている古い屏風は、ことに素晴らしいと言った。

「あの〝大江戸屏風〟は、妖と化しているようですから。近くを通れば人の気配がすると、噂を聞いています」

その話は、篠崎家の奉公人などから表へ流れ、やがて妖のことを心得る者の耳にも届いた。

「わたしも、屏風を見てみたいと思いました。付喪神達が側《そば》にいるので、余計に」

そんな時、春夜は思いがけない機会を得た。

「実は先日、うちの芸人達が、篠崎様という旗本のお屋敷へ、座興を見せる為呼ばれまして。ええ、珍しいことでしたよ」

大名家ですら、金に困っているご時世なのだ。今時は旗本も、諸事に倹約をしていて、酒宴に見世物の芸人を呼ぶことなど、あまりないという。おまけに篠崎家は、前々からの小普請組であった。つまりこれというお役に付けていない、金の無さそうな旗本なのだ。

だが篠崎家には、不可思議な屏風があると聞いていた。春夜は芸人達と、屏風のある屋敷へ顔を出したわけだ。

「篠崎様はお客の八田《はった》様に、大層気を遣っておいででした。ですが八田様は、身分が下の御家人だったので、少し不思議でした」

春夜はその日、拝領品を見せてはもらえなかったが、好機には違いなかった。よって春夜は付喪神三人を、屏風へ入るように言って、篠崎家へ放ったのだ。

「は……？　あの屏風の中に、そちらの付喪神達が、入っているんですか？」

　春夜が頷く。ところが。

「その少し後、篠崎様のお屋敷内で、小火が出たと耳にしました」

付喪神達は、まだ春夜の所へ帰ってきていない。心配になった春夜は見舞いと称し、手下に旗本屋敷を見に行かせた。しかし使いは、屋敷へ入ることすら出来なかったという。

「もちろん屏風を見ることも、無理だったのです」

どうしたものかと気を揉《も》んでいたところ、燃えた屋敷を普請する間、篠崎が屏風を古道具屋へ預けると、出入りの大工から話が聞こえた。

「その上、預けられた先が、出雲屋さんと聞き、ほっとしました。こちらなら、付喪神の話が出来ますので」

　途端、市助が渋い顔で、春夜のことをにらみ付ける。

「出雲屋の付喪神が、言ってたぞ。お前さんの所にいた付喪神の内、二人が壊されて、捨てられたそうじゃないか」

　それでよく、心配しているような口がきけると、市助は言ったのだ。春夜は眉尻《まゆじり》を下げると、守れなかったのは本当だと、さらりと言った。ただ。

「壊したのは、わたしではありません。両国には、気の荒い者が多くいる。だからあの辺へ付喪神達を、連れて行きたくはなかったんですが」

だが、春夜は両国へ行かねばならなかったし、付喪神達も同じくだったと言うのだ。

「この世にはしがらみが、山とありますので」

暮らしていくには、金が要る。屋根も必要だ。親という者が、口を出してくる。意のままにならないことが多い。本当に多い。

「どうにもならないことが多すぎて、嫌になります」

そう言い切ると、春夜はそれで返事を終えてしまい、詳しい事情は分からないままだ。ここで春夜は真っ直ぐ十夜の方を向くと、単刀直入に、屏風を見せて欲しいと言ってきた。

「今日、阿真刀達を引き取っていきたいと思います。あの子達が屏風の中にいると、篠崎様の為にもなりません。中から声がするという噂が、大きくなるでしょうし」

その為に来たのだと言われると、もちろん返さなくてはならない。ただ十夜と市助は、困った顔になってしまった。

「その、実はうちの付喪神達も、今、五人ほど中へ入ってしまってるんです」

それで急ぎ、呼び戻そうとしているのだが、屏風へ何度呼びかけても、返事すらないのだ。十夜が正直に言うと、春夜は目を瞠った。

「出雲屋さんの付喪神達も、屏風に入ったのですか。しかも、返事をしない？」

「実はさっき、焼き芋を屏風の前に置いてみたんだ。他の付喪神達が、食べてしまうぞと言ったんだけど、それでも応えがなかった」

　十夜の声は、中にいる付喪神達に、聞こえていないのかもしれなかった。

「あの、春夜さん。あの屏風へ入るのは、簡単だったと聞いています。付喪神達は己で、出ることも出来ますよね？」

「その……簡単に出入り出来るものだと、勝手に考えておりました。何故って、付喪神達は妖ですから」

　狼狽《うろた》えた顔の春夜を見て、十夜達は腹を決め、屏風が置いてある板間へ連れて行った。そして三人で代わる代わる、中へ声を掛けてみたのだが、やはり返事はない。

「これは困った。どうしたらよいのでしょう。十夜さん、この屏風はその内、篠崎家へ返さねばならないのでしょう？」

　三人は、揃って顔を強《こわ》ばらせた。

4

　屏風から出雲屋へ戻る、出入り口はどこなのか。頭をひねったが、当てがない。それで、両国の付喪神達に、屏風の端からは出られないと言われた訳を、知りたくなった。よって皆で、日本橋から南へ向かった。

　すると。

「あれれ？」

　賑やかな通りを抜け、金色の雲の中を通り抜けること、しばし。猫神達の眼前に現れたのは、通町《とおりちょう》の賑やかな風景でも、八丁堀《はっちょうぼり》の武家町でもなかった。

　皆はいきなり、あるはずもない景色に出くわしたのだ。

「何でここに、海があるんだ？」

　日本橋の直ぐ南は、広い海原となっていた。おまけにそこには、麗々しく飾り立てられた大きな船が、何十艘《そう》も浮かんでいたのだ。

「うわぁ……どの船にも、大きな家紋が付いてる。一体、どういう船なんだろう」

　見事な眺めだが、海を渡ることは出来ないし、その先を確かめるのも無理と分かった。仕方なく岸沿いに横へ歩いて行くと、また金の雲に呑《の》まれ……そこから出た先に、堀川《ほりかわ》を見つけることになった。

「おや、小舟が沢山いるぞ」

　思いも掛けないことが続き、皆はいささか疲れている。それで米俵を積んだ瀬取船《せどりぶね》の影に紛れ込み、しばし休むことにした。

すると舟は、東へと川を進み始める。橋をくぐる時、猫の声を聞き、利休鼠が首をすくめた。また金色の雲に呑み込まれたが、今度は出た先にも、景色や川の続きがあった。

その内、川は曲がって舟は北へと向かう。じき、賑やかな通りに架かる橋が見えてきたが、それが京橋《きょうばし》だと分かり、付喪神達は首を傾げてしまった。

「京橋って、こんな所にありましたっけ？」

お姫がつぶやく間にも舟は進み、更に雲をくぐる。出た先には、やたらと真っ直ぐな堀があり、舟はその手前で止まった。

「米俵を下ろすようだ。拙《まず》い、見つからない内に、下りねば」

慌てて岸へ逃れると、目の前を、武家の行列がずらずらと通ってゆく。箱のような荷を担いでいる従者も多くいて、身分の高い武家の列だと思われた。

ところが他の一団と行き会うと、向こうの行列におわす殿様の方が偉かったとみえ、眼前の列が慌てて止まったのだ。

そこに、またあのぶち猫の声が聞こえてきたものだから、利休鼠が泣き出した。付喪神達は利休鼠を連れ、従者が持つ手近な荷の中へ、さっと滑り込んだ。

「ちゅう、ありがとうございました」

するとじき、行列は何事もなかったかのように、堀川沿いを動き出してゆく。

(良かった、荷の中にいれば楽だし、目立たないもの。ねえ、側に見える堀川の石垣、随分と立派ね。ここ、どこなのかしら)

(お姫、声が大きい。見つかったらことだぞ)

諌《いさ》めたものの、その野鉄にも、今自分たちがどこにいるのか、さっぱり分からない。皆を運んでゆく行列は、真っ直ぐな堀川と華やかな武家屋敷の間を進んだ後、橋を渡ってゆく。そして、大きな門をくぐることになった。

(あら、この門、もの凄く大きくない？　それに、門前に大店が建てられそうなくらい、大きな前庭が付いてるわよ。見たことないわ)

お姫の声が、少し震えている。一行は、また真っ直ぐな堀を渡り、奥の大きな門もくぐった。その頃になると付喪神達にも、ここがどこなのか分かってくる。箱を少しばかり開けた隙間から、見えてきたものがあったからだ。

(阿真刀が言ってた通りだ。みゃあ、江戸城天守閣は、もの凄く大きい)

天を突くようなその姿は、まだ随分と離れているだろうに、並ぶものを思いつかぬほどであった。付喪神達は、寸の間その姿に見とれたが、やがて月夜見や五位が眉間《みけん》に皺《しわ》を寄せる。

(江戸城が、何で日本橋の東にあるのだ？)

(どうやら、屏風内にあるお江戸は、我らが知る地とは、いささか違っているようだ)

その内、行列は二手に分かれ、多くの武家や従者は、広場で待つ構えを取った。一方殿様は、少しの供を連れ、更に城の奥へと入ってゆく。その姿が見えなくなると、お供達はやれやれといった顔で荷を下ろし、敷物を広げ座り始めた。

（皆、今の内に箱から出るぞ）

月夜見の一声で、蓋《ふた》を開け表へ滑り出る。江戸城内の庭には木々が多く植えられており、隠れる場所には困らなかった。

だが、それでも付喪神達は迷った。成り行きで城へ来てしまったが、この後どうするべきか、とんと分からないからだ。

とにかく人に見つからないよう、皆で近くの屋根へ登り、表からは見えにくい所に落ち着いた。

「にゃん、次はどっちを探す？」

すると、ここで野鉄がおずおずと、しかし目を煌《きら》めかせつつ、口を開いた。

「あの、せっかく江戸城の天守閣近くまで来たのだ。まずは、あそこへ行ってみないか？」

天守閣に、出雲屋へ戻る出口があるかどうかは、分からない。しかしそれは、他の所でも同じだろうと野鉄は言うのだ。しかも。

「あの天守閣は燃えてしまい、我らの知るお江戸には残ってない。つまり、もしかしたらあそこには……本当に信長公のことを書いた何かが、あるかもしれないじゃないか」

織田《おだ》家へ皆の心が向かうのを嫌って、徳川家が握りつぶした書き付けなど、置いてあるかもしれない。野鉄は是非、天守閣でそれを探してみたいのだ。

「そんな凄い話を土産に出来れば、残っている皆も、十夜達も、凄く楽しむと思うんだが」

しかし、五位は考えが違った。

「わたしは、せっかく探すのなら、徳川家康《いえやす》に仕えた僧、天海《てんかい》僧正について探りたい。あの怪僧が本当は誰なのか、ずっとずっと気になっておるのだ」

五位は天海のことを、明智《あけち》光秀《みつひで》だと思っているのだ。信長を本能寺で殺し、三日天下で死んだと言われている明智だ。だが、実は徳川家康の庇護《ひご》の下、僧に化け生きていたという噂が、まことしやかに語られている。叶《かな》うなら、証《あかし》を摑みたいらしい。

「その話が真実だと分かったら、よみうりが山と出るぞ。大騒ぎになる」

要するに五位も、天守閣へ行きたいのだ。

だが、ここで月夜見の機嫌が悪くなった。

「二人とも、考えが甘いな。昔の武人が誰に化けていようと、今の我らには関係ないではないか。信長の墓が分かるとでもいうのか？」

それよりも、やるべきことがあろうと、月夜見はびしりと言う。

「燃えた江戸城天守閣には、数多《あまた》、古き品があるやもしれん」

城はまだ新しく見えるが、中へは時を経た名品が、持ち込まれているかもしれない。

いや、天下人の天守閣なのだ。献上品などがあるに違いない。

「我らの仲間が、いるかもしれないぞ」

だがこのまま天守閣にいれば、そういう仲間達は燃えてしまうのだ。

「もし出会えたら、我らが外へ連れ出してやるべきだろう」

つまり、月夜見も天守へ行くという。お姫と猫神は、溜息を漏らした。

「皆さん、勝手ですね。わたし達はこの後、出雲屋へ帰るんですよ」

ならば、やらねばならないことは一つだ。お姫と猫神は嬉しげにいう。

「お城には、小判がざくざくありそうです」

「昔話では、ああいう城には、にゃん、お宝があることになってるぞ」

ならば、ちょいと拝借しても、構わないだろう。燃え落ちる城に、一体どれ程金があったのか、後の世に分かるとも思えない。

「だから、わたし達と十夜達のお八つ代として、幾らか頂いて行きましょう」

「なんだ、結局皆、あのでっかいお城へ、行きたいってことか」

今、行っておかないと、多分二度と江戸城の天守閣へ、登る機会はないのだ。眼前にそびえる建物は、二百年の時そのものであった。

「にゃん、不思議だな。無くした時を、取り戻しにゆくみたいだ」

猫神が言うと、月夜見が一つ首を傾げた。

「しかし我らは……望みを遂げてしまっても、いいのかな」

もし小判を手にしたら。幸運にも、仲間を城から、助け出せたとしたら。自分達はその者達と共に、表へ出られるだろうか。

「屏風は、付喪神になっておるようだった。となると、己のものを持ち出そうとする我らを、帰すだろうか」

つぶやきに、応えられる者はいない。それでも、屋根の上にずっといることも、また出来なかった。六人は立ち上がると、まずは江戸城内の屋根伝いに、皆で天守閣へ近づくことにした。後は、なるだけ高い所まで登り、その後、五位と野鉄が皆を抱え、天守閣の屋根まで飛ぶことに決まった。

猫神は、いつもの姿だと大きい。小さな根付けの姿になるよう、念を押された。

5

十夜達は一緒に食べようと言い、〝大江戸屏風〟の前へ、焼き芋だけでなく、春夜が持ってきた上菓子を並べてみた。出雲屋に残った付喪神に頼んで、無事ならば知らせてくれと書いた紙を、屏風絵の中に放り込みもした。

しかし、やはり返事はない。

「拙いですね。こちらの声は、付喪神達へ届いていないのでしょう」

春夜が、焦った顔になった。

「わたしどもの手には、負えないのでしょうか。ならばいっそ……そうですね、東叡《とうえい》山《ざん》寛永寺《かんえいじ》へ縋《すが》ってみましょうか？」

寛永寺の高僧は、妖を相手に出来ると噂のお方であった。十夜は目を見開く。

「あの寺は、妖退治で高名なのでは？」

「付喪神達が退治されることなど、もちろん、わたしは望んでません」

しかし。

「お礼の金子《きんす》次第で、御坊は上手く、やって下さるかもしれませんよ」

ともかく篠崎へ、僧に屏風を見せても良いものか、聞いてくれと春夜は言ってくる。

「そう……妙な気配を消して頂く為に、御坊へ屏風を見せる。そういう風に話を持っていけば、どうでしょう」

旗本の殿様も、承知するかもしれない。

「このまま付喪神達を、行方知れずにしたくないんです」

「分かった、篠崎様へ文を差し上げてみる」

十夜は、他の案を思いつけなかったのだ。

すると。ことは何故だか、十夜達が魂消る方へと転がり出した。翌日、篠崎家から返事はきたが、文ではなかった。当主とその知人が、屏風が心配だと、突然出雲屋へ現れたのだ。

客間へ通された篠崎の連れを見て、篠崎の返事を知りたいと、今日も来ていた春夜が目を見開いた。

「おや、これは八田様。お久しぶりでございます。覚えておいででしょうか、酒宴にお邪魔した、春夜でございます」

この連れが、以前篠崎家が開いた酒宴の客人だと、春夜がそっと教えてくる。旗本の殿様が、手厚くもてなした御家人だと分かり、十夜は片眉を引き上げる。

その八田は、出雲屋へ現れると直ぐ、屏風のことに口を挟んできた。

「わしは是非是非、屏風を寛永寺の高僧に見せて欲しいのだ」

しかも、己の目の前で僧に見せたいらしい。その話をつける為、今日は渋る篠崎を連れ、出雲屋へ来たのだという。

「そうすれば、あの屏風は、この八田家のものだと分かるだろうからな」

それを聞いた篠崎が、深い溜息をつく。

「八田殿、何度も言ったが、あの屏風は、篠崎家の先祖が頂いた品で、家宝だ。八田家が昔、どんな屏風を頂けるはずだったかは知らぬ。だが〝大江戸屏風〟ではないはずだ」

どうやらあの屏風を巡って、両家はずっと、揉め続けているらしい。

（篠崎様は、八田様にいい加減、諦《あきら》めて欲しいんだ。話をつける為に、八田様を酒宴へ招き、話し合いをしたのかな）

しかし十夜には、八田が折れたようには見えない。旗本が、御家人にここまで気遣うのだ。八田家の身分は低いが、多分篠崎家の方が、立場は弱いに違いない。

（あの屏風は人の気配がしたり、妙な話し声が聞こえたりする品だ。持ち主の篠崎様は、苦労しているのに）

それでも徳川家からの拝領品では、他へ渡してしまうわけにもいかないでいるのだ。

（八田様はそのこと、分かってるのかしら）

十夜が苦笑を浮かべた、その時。八田が、思わぬことを口にしてきた。

「篠崎殿、わしは承知しておる。先だって、お主の屋敷で小火が起きたわけを、知っておるのだ」

八田は、酒宴で顔見知りになった奉公人から、話を聞き出したと口にする。

「あの小火だが。お主の母君が、家ごと妙な屏風を燃やしてしまえと言って、火を付けたというではないか。きっと余所《よそ》の家の品を持っていることに、心が痛んだのだろう」

燃やしたのが己の家であっても、放火は大きな罪であった。小火でもあっという間に、町を呑み込む大火になりかねないからだ。

「他に知られたら、拙かろう。小火のもとになった屏風を、これ以上、篠崎家が持っているべきではないな。返してくれ」

つまり八田は、ことを黙っていてやるから、屏風を寄越《よこ》せと言ったのだ。篠崎の顔が、夕日を受けた鬼瓦のような色になる。

(これは……とんだことになった。篠崎様が、拝領品を手放すのは無理だろうに)

しかし、八田は勝負に出ている。

(どうしよう)

すると、その時。

突然、大きな猫の声がしたと思ったら、店奥から奉公人が飛んできた。妙な猫の声が、屏風の中から聞こえたと言うのだ。

客間の五人は、揃って顔を奥へと向けた。

「おおっ、これは驚いた」

江戸城天守閣の天辺《てっぺん》に立つと、付喪神達の眼下に、それは見事な景色が広がった。江戸を遥《はる》か遠くまで見渡せ、意外な程近くにある海や船の様子は、溜息が出るほどに美しい。

ところが、だ。六人が影から、天守閣の内へ入ってみると、最上階の中は、拍子抜けするほどさっぱりとしていた。

「にゃん、ほとんど物を置いてないな」

「うーむ、大して古い品もなさそうだ」

月夜見がうなり、五位が苦笑を浮かべた。

「考えてもみろ。戦時には、この高さや見晴らしは貴重なものだろう。だが、何でもない時にここまで登るのは、一苦労だからな」

この天守閣では寝ることも、食べることもなかろうから、物は少なくて当然であった。

「これでは下の階へ行っても、信長公のことも天海僧正のことも、分かりそうにないな」

野鉄がぼやく。

「せっかく、二百年前に来たというのに。何だか拍子抜けだ」

景色には五十数える間に飽き、皆、しおしおと階段を下りて行く。直ぐ下の階もがらんとしており、更に下り続けた。

正直に言えば猫神達は、下り続けても誰も居ないことに、直ぐに慣れてしまった。この江戸では、船に乗ることも江戸城の中へ入ることも、簡単に出来た。だから二百年前の江戸は、そう困りはしない場だと、思い込んでいたのかもしれない。

ところが。

「あ、にゃん?」

五層になっていた天守閣の、一番下の階へ下りていく時のことだ。皆が、大して用心もせず階段を下って行くと……そこに、結構な数の武家達がいて、働いていたのだ。

「みぎゃっ?」

途端、不吉な声が聞こえた。

「おいっ、階段に猫がいるぞ」

最初に姿を見られたのが、一番体の大きかった猫神で、助かったというべきだろうか。集っていた侍達は、ただの猫だと思ったようで、どこから入ったのかと顔をしかめている。

「さっさと捕まえて、外へ放り出せ。大事な帳面に粗相でもされたら、大事《おおごと》になるぞ」

一階の広間では、敷物に、数多の帳面が置かれていた。後ろには、六曲一双の屏風が広げられ、その前には、奇妙な金色のものが並んでいた。

「あら、あれ、小判に似てるわ。けど……団扇《うちわ》に出来そうなくらい、大きいわね」

真ん中に墨で字が書かれている、あの大きな物は何なのだろうかと、お姫が首を傾げている。すると物知りな月夜見が、断言した。

「ありゃ大判だ。あんなに沢山並んでるのを、初めて見た。豊臣《とよとみ》の頃のものかのぉ」

ただ、この階にも物入れは見当たらない。ここは置き場ではなかろうと、月夜見は言う。侍達は天守閣の広い場所を使って、人目に晒《さら》したくないものを整理しているのだろう。

野鉄と五位の目は、帳面の山へ向かった。そして「信長公」「天海僧正」とつぶやく。

「とんでもない謎の答えが、今、目の前にあるかもしれんぞ」

「みぃ、あの金の団扇、一枚持って帰れたら、百年の間、芋がたらふく食えるかもしれん」

ただ……問題は、帳面の中を覗《のぞ》くどころでは、ないことだ。侍が眉間に皺を寄せつつ、猫神を捕まえようと、近寄って来ている。上の階へ逃げ、人目のない場所で、影内へ逃れるのが一番だが、そうなったら二度と、眼前にあるお宝とは会えないに違いない。

「にゃあ、百年分の芋代……」

「信長公」

「天海僧正……」

「ちゅーっ」

その時、何故だか猫神の頭を、お姫がごんと叩《たた》いた。

「欲を出すと、出雲屋へ戻れなくなるわよ」

「お、おお、そうだった」

猫神を捕らえる為、侍が腰を低くし両手を広げて、迫ってきている。お姫と月夜見、利休鼠を背に乗せ、猫神は階段を駆け上がろうとした。

ところが、だ。そこで更に、とんでもないことが起きたのだ。

「おお野鉄達、やはりここへ来ていたのか」

先刻、別れたはずの阿真刀達が、何故だか天守閣に来たようで、一階の間に大声を響かせたのだ。

「ひえっ、あいつら、どこにいるんだ？」

幸いにも、まだ影の内にいるのか、阿真刀達の姿は見えない。しかし侍達は一気に顔を引きつらせ、大騒ぎとなった。

「大判を守れ。盗人《ぬすっと》が来たやもしれん」

「誰も天守閣の内に、入れるではないぞ」

　騒ぎの間に、猫神達は階段を駆け上がった。影を見つけて一気に飛び込むと、案の定、阿真刀達が現れ、互いの無事を喜ぶ。

「今の声は何だ。驚いたぞ」

　月夜見がそう言うと、阿真刀は頭を下げ、会えて嬉しかったのだと言ってきた。

「聞いてくれ。我らは、加羅刀達と巡り合ったのだ。御身らのおかげだ。嬉しかった」

「おおっ、やったな！」

　ところが、この江戸にいた加羅刀達は、作られてから、まだ百年経《た》っていなかった。

「だがここは絵の中だ。時は進まないだろう」

　つまりこのまま、二百年程前の江戸に留まると、二人が付喪神になる日は来ない。加羅刀と話すことは叶わないのだ。

「よって、我らも元の江戸へ戻ることにした。それで出口を探していたのだ。そして、だ」

　青馬が横から、ちょいと得意げに言う。

「我らは、出口を思いついた」

「何と本当か。それで我らにも、声を掛けてくれたんだな。一緒に帰ろうというわけだ」

出雲屋の皆は、青馬達の手を摑み、涙を流さんばかりに感謝した。

「本当に、良き御仁達だな。素晴らしい」

出雲屋の付喪神達は、困っていたのだ。

その時、侍達が、上を捜そうと話すのが聞こえてきた。

「みぎゃーっ」

この時、何故だか大きな猫の声が、天守閣の中に響き、皆が驚いて顔を上げる。月夜見が、阿真刀らを見た。

「こりゃ、急いで出口へ向かうべきだな。それで出口は、江戸のどの辺りにあるのだ？」

一体、どうやって見つけたのかと聞くと、阿真刀がすっと、人差し指を下へ向けた。

「何だ？　侍達が、どうかしたのか？」

「我ら両国の付喪神は、加羅刀を見つけた職人の家で、気が付いた。その家にも、小ぶりだが、屏風があったのだ」

「屏風？」

「月夜見、付喪神となった屏風なら、自分の姿も、絵の中に置くかもしれない。我は、そう考えたのだ」

つまり、もし〝大江戸屏風〟がこちらの江戸にあるなら、入ってきた時と同じように、そこに飛び込めば、元の場へ出られるのではないか。誠に簡単で、適切だと思われた。

「ある。きっと屏風はあるに違いない」

両国の付喪神達は、頑張って探した。町の古道具屋へ行き、影の内に紛れ、さりげなく、〝大江戸屏風〟を知らないかと問うて回ったのだ。すると。

「そない立派な屏風は、町屋にはありまへんがな」

西から来たという商人に、笑われた。屏風は身分の高いお方の、一番立派な建物に置かれているに違いない。古道具屋の主達は、そう言っていたのだ。

「正しい考えだ。よって我らは、たどり着いた。この江戸の中で、一番身分が高い者の、最も立派な建物に来たのだ」

「えっ……」

月夜見、野鉄、五位、お姫、猫神、利休鼠は、揃ってぽかんとした顔つきになった。

「〝大江戸屏風〟があるのは、ここか？」

つまり、だから、もしかして。

「天守閣の一階にある、あの屏風か。あれが、そうなのかっ」

猫神は顔を引きつらせ、二階から、侍達が大勢いる階下を見た。

6

一階で目に入るのは、帳面と大判、それに一双の屏風と、侍達だ。屏風の前に影はなく、こっそり絵の中へ入ることなど、とてもではないが出来なかろうと思われた。

「ど、どうしろっていうんにゃ。屏風は、山ほどいる侍達の間に、置かれてるんだぞ。みゃん、あれじゃ近づくことも出来ん」

しかし阿真刀は余裕の顔だ。そして猫神達を哀れむように、ゆったりと言った。

「何も、今すぐ屏風へ入らねばならない訳など、なかろう。夜になって、周りから人が消えたら、屏風に入ればいいだけの話だ」

「……にゃん、そうか。そうだよね」

お八つには帰れないが、仕方がない。月夜見や五位達は、ほっとした顔になった。

「なら、これでしばらく休めるな」

考えてみれば、船の中で寝転がって以来、ほとんど休めていなかったから、付喪神達はころりと横たわった。お姫や月夜見も、ふわふわした猫神の背にもたれて休む。

「お腹《なか》減った。みゃあ、干した芋でも、持ってくれれば良かったな」

「ちゅい、干し柿も甘い」

「干し柿、我も好きだな」

阿真刀が言い、皆で好物の話を始める。これで、安心できるはずであった。

しかし……ここで五位が、小さく、あ……と言い、眉尻を下げた。

「なんだ？」

阿真刀らが首を傾げた時、五位は阿真刀の持つ刀へ、困ったような目を向ける。

「先ほど、出雲屋の皆で話した時、我らは、不都合なことを思いついたのだ」

二百年前の江戸である屏風絵は、付喪神となっている。つまり、だ。

「元々、この絵の中にあるものを、屏風の付喪神が外へ出すかどうか、分からんぞ」

それを許してしまったら、付喪神である屏風は、己を削っていくことになるからだ。

「は……？　この加羅刀や素々女を、屏風から連れ出せないということか？」

そんな馬鹿なと、青馬と文字茶も言う。出雲屋の付喪神達は、困ってしまった。

「我らも、一階にある帳面などを、持ち出したいと思っておった」

しかし駄目だった時は、仕方ない、諦める気でいたのだ。

だが加羅刀のことは、話が違う。万一、この二百年前の江戸から、何も持ち出せないとしたら。加羅刀達と話せないことを承知で、ここに居続けるか、それとも、それでは却《かえ》って辛《つら》いから、元の江戸へ帰るか。

「どちらの道を選ぶか、阿真刀達は腹を決めねばならなくなる」

出雲屋の付喪神達には、選べないことであった。選んではいけないことでもあった。どちらへ足を踏み出すか決められる者は、当人しかいないのだ。

「そう……だな」

腹を決めておけと言われ、阿真刀達が、ゆっくりと頷いた。

付喪神達は、影内でも長くは休めなかった。程なく皆は、天井からつり上げられたように立ち上がったのだ。影の底から、低い声が湧き上がってきたからだ。

「みぎゃああっ」

「何、あれ。ちゅい、何？」

「猫神、吠《ほ》えたか？」

「違うっ。あの声、ぶち猫の声だ。にゃん、利休鼠を追いかけてた猫だよ」

利休鼠によると、旗本篠崎家の飼い猫なのだそうだ。ただ鼠を追っただけなのに、妙な江戸へ入り込んでしまい、猫も出口を探しているのかもしれない。そういえば出雲屋の付喪神達は、何度も猫と、この江戸の中で巡り合っていた。

その時、鳴き声に、慌てたような声が重なった。やっと見つけた、早く猫を捕らえろと、侍達がまた騒ぎ始めていた。

「あのぶち猫、猫神と間違えられたみたいだな」

随分と太さが違うのにと言って、野鉄が笑っている。猫神が仲間をにらみ付けたその時、何と天守閣が、ぐらりと揺れた。

「ひえっ」

驚いて立ちすくむと、悲鳴が一階から聞こえてくる。付喪神達は階段に隠れるようにして、下の様子を覗き込んだ。

「ありゃ、猫が屏風の所にいるぞ。というか……ぶち猫ったら、屏風に、爪を立ててるじゃないか」

帳面と小判は、侍達が庇《かば》っている。他に怒りを向ける先が無かったからか、ぶち猫はこのお江戸世界の主、屏風を、爪で切り裂きに掛かったのだ。阿真刀が顔色を変えた。

「拙いぞっ。ぶち猫に屏風を壊されたら、戻れなくなるかもしれん」

いや、心配はそれだけではない。屏風は既に、ぶち猫に傷つけられているのだ。阿真刀は、みるみる顔色を青くした。

「月夜見殿、我らの仲間加羅刀達は、壊れたといって捨てられてしまった。あの屏風も傷みが酷《ひど》ければ、破れた絵を引きはがし、表の絵を描き直すことになるかもしれん」

だが、そうなってしまっては、もう元の屏風とは違う。付喪神ではいられないと教えられ、猫神達は魂消た。

「屏風絵を描き直したら……この二百年前の江戸は、どうなるのだ？　ここにいる皆は？　町は？　消えてしまうのか？」

阿真刀が、首を横に振る。

「……分からん」

だがとにかく、今、やらねばならないことが、あった。

「元の江戸へ、早く帰らなくては。こっちの江戸が、消えないうちに」

もう、夜まで待ってはいられない。

侍が屏風の周りにいても、強引にでも近づかねばならない。

待ったなしで、屏風に飛び込むのだ。元へ戻る為、一か八か、やらねばならなかった。

ここで阿真刀が、出雲屋の皆を見る。

「我らは、未《いま》だに迷っているのだ。もし、加羅刀達が元の江戸へ行けなかった場合、どうするかを」

だから万に一つ、この江戸へ残ることになっても、諦めがつく。しかし出雲屋の面々は、そうではなかろうと、阿真刀は続けた。

「まずはお主達が、先にあの屏風をくぐれ。我らはそれを、助けよう」

「でも……余りに侍の数が多い。阿真刀、青馬、文字茶、剣呑《けんのん》だぞ」

「野鉄、我らはいざとなれば、影内へ逃げる。それにな、我らは先に、お前さん達へ、勝手なことをした。だから今回は、詫《わ》びをする」

「詫びなぞ要らん。一緒に帰ろう」

　その時、事は更に動いた。屏風のところで足を掴まれたぶち猫は、侍の手に噛《か》みつき、再び逃げ回った。そして唯一の逃げ場所、二階に向け、階段を駆け上がってきたのだ。

「うわっ、ぶち猫、こっちへ来んなっ」

　猫に来て欲しくないというより、その後を追ってくる侍達が怖い。阿真刀達は影内へ逃げ、野鉄と五位は飛んだが、大きな猫神は後れを取り、影には入れなかった。利休鼠も人に見つかり、階段を駆け下りる。

「みぎゃーっ」「ちゅーっ」

「屏風の方へ逃げたぞっ」

　気が付けばいつの間にか、追われる猫は、ぶち猫から猫神へと入れ替わっていた。

　猫神は一旦《いったん》捕まったが、利休鼠が、がぶりと侍の足に噛みつき、逃れた。だが逃げた先に侍がいて手を伸ばしてきたので、猫神の背で、お姫と月夜見が悲鳴を上げる。

「にゃわあっ」

猫神が大声と共に横へ飛び、何とか逃れた。するとその先に、屏風が見えた。

「猫神、そのまま屏風へ入れっ」

阿真刀の声が聞こえたが、侍から逃れたまま、屏風にはたどり着けそうもない。猫神は背にいた二人をとっさに摑むと、思い切り屏風へ投げ込んでみた。

「きゃああっ」「馬鹿者、何をするっ」

その声だけが残った。瞬《まばた》きする間に、二人の付喪神達は、屏風の中へ消えたのだ。

「みゃん、確かめたっ。ここが出口だっ」

手で摑まれたのも構わず大声を上げると、その途端、驚いた顔の侍が猫神を放り投げる。

「喋ったっ。こいつ、猫又やもしれん」

「惜しい、この猫神は、付喪神なのだ」

板間へ降り立つと、残っていた付喪神達が、必死に屏風へ近寄ってくる。その時、屏風の内から、今、出雲屋へ帰った二人と、十夜達の声が聞こえてきたものだから、天守にいた侍達は更に、大騒ぎを始めた。

「妙な声がするぞ。やはりあの猫は、猫又に違いない」

「おいっ、見ろ。猫が、二匹に増えている。おまけに、大きく化けている。妖だっ」

「化けたわけではない。にゃーっ、元々、この大きさだっ」

猫神が吠えた時、影内から現れた阿真刀達が、屏風へ向け猫神の背を押した。猫神は絵の方へと飛びながら、とっさに阿真刀の手を握った。二人は屏風に突っ込んだが、やはりというか、加羅刀達がつっかえて通らない。

その時、猫神が屏風に向け、大声で言った。

「十夜、そちらのものを何か、こっちへ寄越してくれっ。大急ぎだ。何でも良いからっ」

「えっ、なら……芋っ。もっとか？　上菓子はどうだ？」

出雲屋にあったらしい菓子が、屏風の中から幾つも天守閣の板間に現れてくる。すると、それと入れ替わるかのように、猫神と、加羅刀達を持ったままの阿真刀は、出雲屋へ転がり出た。思い切り飛び出たら、少し柔らかいものにぶつかる。おかげで怪我がなくて済んだ。

「わにゃーっ、助かった」

「猫神に続けっ」

後から五位、野鉄、利休鼠、青馬に文字茶も現れる。そして最後に、あのぶち猫も屏風から飛び出してくると、目を小鉢のように見開いていた篠崎の前に、器用に降り立った。

屏風から飛び出してきた猫神達に、余程驚いたのだろうか。八田は青い顔で、口から泡を吹いて倒れており、皆はその上へ降り立ったのだ。

「ぐえっ……」

ぶち猫に腹へ乗られ、御家人は小さなうめき声を上げたが、しかしそれでも起きない。十夜と市助は顔を見合わせ、全員出てきたか、急ぎ確かめ始めた。

7

御家人の八田は、程なく起き上がった。

しかし何故だか急に〝大江戸屏風〟が、欲しくなくなったと言い出し、十夜や篠崎の前から、逃げるように帰っていった。

あのような屏風が屋敷にあると、ある時突然、内から猫の化け物が飛び出てくるやもしれないと言うのだ。眠れなくなるとも言っていた。

「まあ、屏風から出てきた、猫神の丸っこい姿に驚き、気を失うような侍だ。付喪神など、持つべきではなかろうさ」

市助が冷たく言い、月夜見達が頷く。篠崎は、屏風から出てきた面々を見て、何故〝大江戸屏風〟を置いた部屋が騒がしいのか、得心したようであった。

それでも、売ることとの出来ない徳川家からの拝領品に、これ以上の悪い噂も要らないという。篠崎は、妖と屏風の関わりを呑み込んで、腹の内へ収めることにしたらしい。

「屏風は今後も大事にするゆえ、普請が終わったら、屋敷へ届けて欲しい」

そう言うと、ようよう八田との揉め事が無くなったからか、こちらは落ち着いた顔で、ぶち猫を抱き帰っていった。

そして。

春夜は戻ってきた阿真刀達に、嬉しげな顔を向けていた。騒いだり、大仰な言葉を向けたりはしなかったが、三人を撫《な》でると、大きな風呂敷《ふろしき》に包み、持ち帰ろうとする。

だが、阿真刀が刀を、大事そうに抱えているのを目にして、小さく声を上げた。

「加羅刀！　それに素々女もいます。これを、あの屏風の中から持ち帰ってきたんですか。阿真刀、よく見つけましたね」

「出雲屋の皆が、屏風の内の江戸でなら、きっと会えると言ったんだ」

「驚いた。屏風に、芋や菓子を投げ入れましたが。代わりにこんなものを、持ち出したんですね」

春夜は本当にありがたいと言い、出雲屋の付喪神達も撫でている。

「うん、もっと褒めてくれてもいいぞ。我らは偉いのだから」

猫神や五位は、大いに胸を張っていた。

するとここで、月夜見や野鉄、お姫などが、隠していたものをおずおずと、影内から取り出し、十夜達へ見せてくる。

「春夜は阿真刀達に、二百年前ならではのものを、持ち帰って欲しいと言ったのだろう？　だからその、我らも興味が出てな」

野鉄は腕を組んで言った。

「屛風の中には、色々面白いものがあったぞ」

屛風の内へ放り込まれた上菓子は、結構数があった。よって加羅刀達以外にも、出雲屋へ持ってこられたのだ。お姫が頷いた。

「最初は、金色の団扇！」

十夜だけでなく、これには春夜も驚き、しばし客間は静かになる。豊臣の大判だろうという月夜見の言葉に、十夜は頷いた後、直ぐにお姫から預かることにした。

「こんなもの、恐ろしくて表へなど、出せやしない」

「十夜、芋代にしたいなと思うのだが……駄目か？」

「駄目。誰がおつりをくれるんだ？　絶対に、焼き芋屋にはおつりなどないぞ」

一体、これは一枚で幾らになるのだろうと、十夜は首をひねっている。さすがの春夜も、大判の値は知らないようであった。

「えーっ、芋も買えぬ金なのか。金色なのに」

付喪神達は不満げだ。次は、月夜見が出してきた。

「これは素晴らしいだろう。何と、二百年前の帳面だ」

天守閣で侍らから、大事に扱われていた品だというので、皆で急ぎ覗き込む。だが。

「これ……見出しくらいしか、残ってないぞ。本文はどうしたんだ？」

「持っていこうと帳面を手にした時、侍に引っ張られた」

綴《と》じ糸が切れ、少ししか持ち帰れなかったらしい。見出しには、何と信長公の名があったのだが……その先がない。

「それは残念な」

春夜はつぶやいた後、この見出しも大判と同じように、絶対に人へ見せてはいけないと、十夜へ言ってくる。

「えー、わざわざ持ってこさせたのに、それはなかろう」

「月夜見殿、わたしは……確かに昔のことに、興味はありました。けどね、一番は、付喪神達が本当に、こういう手妻《てづま》のようなことが出来るかどうか、それを知りたかったんだ」

もし大判を持ち帰ることが出来ると、他に知られたら。この先付喪神達は、益々《ますます》危うくなるに違いないという。

「だから、誰の所に貸し出されても、絶対今回屏風に入ったことは、喋ってはいけないよ」

念を押されたので、付喪神達は素直に頷いている。だが市助は十夜の隣で、溜息を漏らした。

「でもねえ、これだけは喋っちゃ駄目だという話に限って、いつの間にか、噂になったりしないかい？」

特に、付喪神達はお喋りだから。十夜や市助は赤子の頃から、良く知っているのだ。

「その内、ここだけの話だぞって言って、あちこちで話しちゃいそうだ」

すると阿真刀が、きっぱりと言い切った。

「市助殿、それは考え違いというものだ。我らとて、我が身がかわいいからな」

「おっ、そうなのかい？」

「だから、話す相手は選ぶとも。なぁ、出雲屋の御仁達」

「にゃん、そうだとも」

「ええ、分かってるわ」

猫神とお姫が、嬉しそうに返事をしたものだから、十夜はこめかみを押さえる。

「ああ、明日からが心配だ」

父の清次に、今日のことを話し、この後の力添えを頼まねばならない。付喪神達に、無茶とはどういうことなのかも、教える必要がありそうであった。

だが。十夜はとりあえず、今は、一番やりたいことをしようと思った。

「全ては、その後の話か」

だから。己の所へ戻ってきた付喪神達を、十夜は、腕を一杯に広げてから包み込み、ぎゅっと抱きしめた。

そしてそれから……大きく安堵《あんど》の息を吐いた。

悪の親玉

序

おや、久方ぶりだ。わたしを覚えてるかい？　名を、野鉄と言うんだ。ごらんの通り、蝙蝠《こうもり》の形をした根付けだ。

なのに、こうして喋《しゃべ》っていることから、お察しかとは思うが、わたしは、人ならぬ者なんだ。大事にされ、生まれて百年を越した器物が、妖《あやかし》と化した者、つまり付喪神《つくもがみ》ってわけだ。

おお、思い出してくれたか。嬉《うれ》しいね。正直に言うと、お喋りが得意かどうかは、心許《こころもと》ない。まあ一所懸命話すから、それで勘弁してくれ。

それで、だな。こうしてお会いできたのも、何かのご縁だ。御身にちょいと、聞きたいことがあるんだが。

我らの目の前に座っている、あの四十近い男、見えてるか。あの男が今し方、とんでもないことを口にしたんだ。で、今までに、そういう話を耳にしたことがあるか、知りたいんだよ。

あいつときたら、こんなことを言ったんだぞ。

「初めてお目に掛かります。手前は阿久徳屋《あくとくや》と申します。ええ、こう見えても、悪の親玉でして」

己のことを〝悪の親玉〟と称する者と、わたしは生まれて初めて会ったんだ。どう考えても〝悪の親玉〟って言葉は、褒め言葉じゃないからねぇ。しかも名が阿久徳屋とは。いやもう、本当に心から驚いたんだ。

阿久徳屋というからには屋号だろうに、なんでそんな、とんでもない名にしたのか、訳が分からないや。やはり御身もこんな話、聞いたことなど、ないよねえ。

おっ？　確かに男は、妙な名を称している。けれど、ちゃんと挨拶《あいさつ》はして、己のことを語っているようだ。けっこう、まともじゃないかと言うのかい？

ああ、いけない。話の持って行き方が、悪かったね。〝悪の親玉〟という言葉が語られるまでのことを、全部御身に伝えておかないと、事情が分からないよな。

ええと、ここは江戸で、隅田川の東側にある深川なんだ。わたしや付喪神の仲間は、古道具屋兼損料屋、出雲屋の店奥《たなおく》で暮らしてる。店主は清次、我ら付喪神を預かっているのは、その跡取り息子で、十夜だ。我ら付喪神は時々貸し出され、金を稼いだりもしてるってわけだ。

そして今日出雲屋は、珍しいお客人方を迎えたんだよ。その二人が、今出てきた阿久徳屋と、その息子、春夜だ。

出雲屋にいる我ら付喪神は、以前、春夜の所にいる付喪神達と、騒動を起こしててね。十夜は春夜に対し、少々用心しているところがある。

なのに突然、春夜とその親が訪ねて来たんだから、出雲屋の親子は驚いてるんだ。

その上、お初に会う阿久徳屋が堂々と、悪の親玉などと口にしたもんだから、清次は顔をしかめた。しかし阿久徳屋の喋りは、止まらなかったんだ。

「この阿久徳屋は両国で、見世物小屋の元締めなどをやっておりまして。要するに、胡散《うさん》臭い男ってわけです。賭《か》け事も好きで、賭場《とば》も立てております。賭場の胴元というと、これまた聞こえの悪い輩《やから》ですな」

つまり金になると思えば、様々な商いへ手を出し、まめに稼ぐ、たくましい御仁というわけだ。清次と十夜が目を丸くしても、お構いなしに話は続いていった。

「出雲屋さんは真っ当な店だからと、春夜は、手前を連れて来るのを渋っておりました。以前、手前が付喪神をもっと集めろと言いつけたおり、出雲屋さんと揉《も》めたので、顔を出しにくいと言いまして」

「おや、あれは、阿久徳屋さんが命じたことだったんですか。ではあなたが、春夜さんの背後にいる悪……というか、怖い雇い主なんですね」

そんな悪の元締めが、かくも堂々と、迷惑をかけた出雲屋へ現れたわけだ。すると阿久徳屋は、自分は春夜に、小屋を任せている雇い主であり、また、春夜の養い親でもあると、言ったんだ。

「養い親……お義父《ちち》上だったんですか」

こういう親を持っちゃ、春夜は大変に違いないな。しかも義理の間柄となりゃ、却《かえ》って難しいことも多かろうさ。

春夜が、そっと溜息を漏らした横で、阿久徳屋は早速、今日来た用件を切り出してきた。悪の親玉は我ら付喪神のことを、借りたいと言うんだよ。

つまり無理矢理、付喪神達を奪うことが無理なら、今度はきちんと金を出して借りる。そう言ってきたわけだ。出雲屋の付喪神は耳をそばだて、こっそり近くの影内に、集まることになっちまった。

「こちらの店にいる、多くの付喪神達は、良いもの揃《ぞろ》いだと聞いております。一旦《いったん》揉めたというのに、その後、春夜の許にいる付喪神三人を、助けて下さったとか」

その上、古い屏風へ出入り出来るとは、面白い力を持っていると言い、阿久徳屋は深く頷《うなず》いた。

「手前は悪人でございますから、得することが好きでして。そういう面白い付喪神とは、仲良くなりたいんです」

色々なことに使えるからと、阿久徳屋は腕を組み、隠すこともなく言った。

「そしてですね、十夜さんは先だってお会いした、御家人の八田様を覚えておいでですか。実は、あの方の上役の上役で、旗本の御大身からお話がありまして」

旗本山白《やましろ》家は、八田から付喪神のことを聞いたらしい。すると。

「屋敷へその付喪神らを寄越《よこ》し、幽霊退治の手伝いをして欲しいと、御家老が伝えてこられまして。山白様のお屋敷には、妙なものが出るようですな。そのせいで、家中に不幸が続いたとか」

「えっ？　ゆうれい、退治？」

十夜と清次は、一寸ぽかんとした後、さっと春夜へ目を向けた。

「春夜さんの所にいる阿真刀達は、幽霊退治など、出来るのですか？」

春夜は、きっぱり首を横に振った。

「付喪神達は、影の内に入ることくらいしかできないと、元締めには言ったんですよ。でも元締めときたら、大身旗本のお殿様に、良い顔をしたいんです。とにかく妖を、お屋敷へやれば大丈夫だろうって、引かなくて」

阿久徳屋は付喪神達を使って、旗本屋敷を探りたいらしい。だが、それには数が足りないから、出雲屋の付喪神達も使おうと、強引に出雲屋へ来たようだ。

阿久徳屋はにこにこしながら、勝手なことを言い出した。

「だって、旗本屋敷に幽霊が出るなんて、面白そうじゃありませんか。きっとそのお旗本、何かやらかして、幽霊に恨まれてるんですよ。ああ、その秘密を摑《つか》みたい」

悪の親玉、阿久徳屋に秘密を知られたら、後々、どういう風に使われるか、分かったもんじゃないよな。十夜はうんざりした顔つきで、阿久徳屋と向き合った。

「出雲屋の付喪神達は、お預けできません」

「そんな。こちらの出雲屋は、損料屋だ。借り賃をはずみますので、貸して下さいよ」

「お断りします。お金を積んでも駄目ですよ」

すると阿久徳屋は、やはり駄目かと肩を落とした後で、妙なことを言い出したんだ。

「でもですね……十夜さんは、こちらの言い値で、付喪神達を貸して下さると思いますよ」

それから十夜の目を見ると、こう続けたんだ。

「十夜さんという名は、珍しいお名前ですよね。そして、人から聞いたのですが、お前様は春夜同様、拾われた子だとか」

清次がさっと眉間《みけん》に皺《しわ》を寄せたが、悪の親玉はひるまなかった。本当に、立派な悪っぷりだと思ったね。

「ちょいと聞いて下さい。うちの縄張りである両国の辺りは、大きな盛り場だからか、人の出入りが激しくてね。親の行方が知れなくなった後、子が残されていることが、時々あるんですよ」

それで一帯を仕切る阿久徳屋が、子を託す先を見つけてきたと言うんだ。少し大きくなっていれば、奉公先を見つけ、赤子は養い親へ託すことになるそうだ。

「そうしていたら、余所《よそ》からわざわざ両国まで来て、子を捨てる、ふてえ奴が増えてきましてね」

阿久徳屋によると、中には結構良い着物にくるまれてた子も、いたって話だ。

「そういう着物が買えるなら、幾らか金を付けて、養い親を見つければいいのに。うちの手下達は、そう言って怒ってました」

そうしている内に、捨てられる子の数が多くなり過ぎ、両国の縄張り辺りで育ててくれる人を探すのは、無理になったらしい。だけどね、捨て子は見つけた町で、養うのが決まりなんだ。それで。

「正直に言います。捨て子を見つけたら、離れた場所、たとえば神社などへ連れていき、また捨ててました」

「はあっ？　阿久徳屋さん、あなた、ね」

「ああ清次さん、怒らないで下さいな。ちゃんと、子授けなどで霊験あらたか、という場所を選んでます。赤子は天気の良い日に、手下らに置かせておりますよ」

更に阿久徳屋は、赤子が無事誰かに拾われていくか、近くから見て確かめていたと、胸を張って言ったんだ。

「多くの子が、お参りにきたお人などに、引き取られましたとも。皆さん、神仏が下された子だと、喜んでおりました」

悪の親玉の所にいるより、真っ当な夫婦の許で育つ方がいいからと、子捨てをしたご当人は、勝手に納得してたな。清次は、阿久徳屋を睨《にら》んでたけどね。

もっとも捨てられた子供達は、阿久徳屋の子じゃないし。怒りは、捨てた親へ向けてくれと、阿久徳屋から言われると、清次も黙りこんじまったんだ。たとえ無茶はしても、阿久徳屋は赤子達に、育ての親を見つけてたんで。

そして阿久徳屋は、また十夜の顔を見てから、話を続けた。

「この阿久徳屋は、拾った子を他の方に託した時、特別なことはしておりません。子には、新しい親が出来ます。手前が要らぬことを、しない方が良かろうと思いましてね」

ただ神社へ子を置く前に、何人かの赤子には、名を書いた紙を入れておいたのだという。捨て子にしては妙に着物が立派で、後から親が現れるかもと、阿久徳屋が考えた子供達であった。

「もちろん育ての親が、その名を付けるとは限りませんが。ですが、そういう書き付けと一緒に捨てられていたと、拾った方は覚えていると思いましたので」

そしてその名前には全て、〝夜〟の一字が付いた名を書いておいたというんだ。子が捨てられていたのは、大概夜であったからと、言葉が続いた。

「夜の字が付いた名は、あまり見ません。後々出会うことがあれば、分かると思いました」

「夜……ですか」

「春夜にも、夜の字を付けました。この子もわたしが拾い、そして捨てに行こうとしたんですよ。でもそのたびに、雨になりまして」

赤子は弱い。雨に打たれては病になってしまうから、阿久徳屋は捨てられなかったのだ。それでなくとも、突然親から捨てられた子は、乳を満足に飲めていないことも多かった。屋根の下から放り出された為か、拾った時、既に弱っていることもあった。

「春夜を捨てようとするたび、三回、雨の日になりました。他へ行く縁ではないと感じ、この子は手元に残すと決めたんですよ」

名を添えた赤子の中には、一夜《いちや》、三夜《みつや》、八夜《はちや》、十夜と名付けた赤子もいたそうだ。

「そんな話を聞いていた為か、春夜は十夜さんへ、兄さんなどと言ったようですね」

先に拾われた一人だと、考えたのだろう。

「その十夜という赤子が、どこでどうやって拾われたか、知りたくはないですか？　そちらが付喪神達を貸して下されば、こちらも色々、思い出せるかもしれませんよ」

人の心につけ込み、ここまで露骨に取引を申し出る御仁も、少ないよなぁ。悪の親玉、面目躍如の一言ってわけだ。

するとこの時、清次が話を遮った。そして阿久徳屋へきっぱり、帰って下さいと言ったんだ。十夜も頷き、冷たい目を阿久徳屋へ向けてた。

「何も話さなくて、構いません。阿久徳屋さん、二度と出雲屋へ、お越しにならないで下さい」

「ええっ、そんなぁ」

まるで自分が、とんでもないことを言われたみたいに、阿久徳屋は悲しげな声を上げてた。

「興味深い話なのですよ。夜の字を付けた子は少ないので、よく覚えてるんです。何しろ昔から……」

その声を遮ったのは、春夜だった。

「元締め！　出雲屋さんから返答は頂きました。さあ、帰りますよ」

「春夜、でもまだ、付喪神達を貸してくれるとは、言われてないよ」

「その件は今、断られたでしょう？　いい加減、諦《あきら》めて下さい。元締めはしつこいから、うちの付喪神達にも嫌われ始めてますよ」

「なんとっ、わたしはあいつらが、大好きなのに」

阿久徳屋が、面白い企《たくら》みに使えそうな奴らに、嫌われたくないと言ったものだから、春夜は口をへの字にした。阿久徳屋の袖《そで》を引っ張ると、出雲屋から連れて帰ってくれたんだ。

　十夜と清次は、ほっとした顔をしてた。ああいう変わった人の許で育ったのに、春夜は、随分と真っ当な者になったもんだ。なんだい？　いや、その後、わざわざ十夜が貰《もら》われた時の話など、出雲屋の二人はしてないよ。そういう話し合いは、親子でとうに済ませてる。とにかく付喪神の仲間は、一息ついたってわけだ。

　おや御身は、ならばこれで、話は終わったんじゃないかと言うのかい？　阿久徳屋は出雲屋から帰り、めでたし、めでたしってわけだ。幽霊とは縁が切れたと、思ってんだね。

　確かにこの日の騒動は、これで一区切りついた。ただね、この件は後に、とんでもない騒ぎへと繋《つな》がっていったんだよ。

1

　悪の親玉が、出雲屋から帰って、五日目のこと。春夜が急にまた、出雲屋へ顔を見せ、十夜は片眉《まゆ》を引き上げた。

「おや、今日はお一人なんですか？」

とにかく奥の間へ通し、茶を出したものの、十夜は少し困っていた。阿久徳屋が、一度断られたくらいで付喪神達を諦めるとは、到底思えなかったからだ。つまりまた出雲屋へ来るんなら、阿久徳屋の方だと思っていた。

するとその時、春夜の袖内から、馴染《なじ》みの付喪神達が顔を見せた。小刀の阿真刀、馬の置物青馬、それに茶碗《ちゃわん》の文字茶の三人で、春夜の前に、ちょこりと横一列に座ると、何故今日、阿久徳屋が来ていないのか、春夜の話を聞いてやってくれと言い出した。

途端、客間に、出雲屋の付喪神達も現れることになった。影の内から、客間の様子を見ていたと察し、十夜が渋い表情を作る。

「こらっ、お前さん達、商いの場へ出てきちゃ駄目だって、言ってあるだろうに」

しかし掛け軸の月夜見は、小さな身で仁王立ちをすると、重々しい言葉を十夜へ向けた。

「阿久徳屋の付喪神達がいるのだから、これは商いの場ではない。だから、我らがいても、構わぬはずだ」

五位や野鉄、お姫に猫神も頷く。

「久方ぶりだな、阿真刀殿。それで？　今日は何用で、出雲屋へ来たのだ？」

十夜は諦め、聞き手に回った。

「実はな、春夜の義父阿久徳屋が、とんでもないことになった。出雲屋から帰った後、行方知れずになっておるのだ」

「阿久徳屋さんが、消えたって？」

これには皆が驚き、寸の間言葉が途絶える。春夜が話を継ぎ、事情を語り出した。

「五日前、この出雲屋さんからの帰り道のことです。わたしと元締めは、隅田川の船宿へ向かっておりました」

深川から、川上にある両国の盛り場へゆくには、舟で隅田川を遡《さかのぼ》るのが早かった。

「川沿いへ出た時、岸近くに屋形船を見かけました。するとその舟の内から、誰ぞが元締めへ声を掛けたんです」

屋形船の障子は、ほとんど閉められており、中は見えなかった。

「だから元締めを呼んだのは、大人の男だとしか分かりませんでした。ですが元締めは、声の主が誰だか承知した様子で、舟へ近づいて行ったんです」

そして舟の客と小声で話した後、阿久徳屋は春夜へ、一人で先に帰るよう言い、舟に乗り込んでいった。

「遊びに誘われたか、商いの話でもするのだろうと思いました。それで、わたしはさっさと、その場から離れたのです」

阿久徳屋はいい大人だし、盛り場の元締めでもある。腕っ節は強く、喧嘩《けんか》慣れもしているから、春夜は阿久徳屋が一人になっても、心配などしなかったという。

「正直に申しますと、わたしより余程、強いですから」

　悪を名乗るには、それなりの器量が必要なのだ。

「その日、元締めは両国へ帰って来ませんでした。わたしどもは、会ったお人と、吉《よし》原《わら》へでも行ったのだろうと思いました」

　翌日、やはり戻って来ず、知らせのないことに春夜が首を傾《かし》げ、馴染みの茶屋へ人をやったが、阿久徳屋の行方は摑めなかった。三日目、元締めの手下達を動かしたが、やはり阿久徳屋の居場所を確かめられない。

　行方が知れなくなって四日目、元締めの片腕と、春夜は話し合いをしたという。

「元締めは、何か危ういことに巻き込まれ、戻って来られなくなっている。二人で、そう答えを出しました」

　両国は、大枚を生む大きな盛り場だから、縄張りが分かれており、仕切っている元締めは、阿久徳屋以外にもいる。つまり頭《かしら》が長く姿を消していては、余所の者に、縄張りを取られかねないのだ。

「だから元締めは、余所で泊まる時は、必ず居場所をはっきりさせていたのです」

　ところが今回に限り、どこにいるのか分からない。聞いていた十夜が、顔をしかめた。

「なるほど。確かに危うい話です。もう捜すべき先が残っておらず、困っているのですね」

ところが阿真刀が、首を大きく横に振った。

「十夜、そいつは違うな。阿久徳屋は、悪の親玉を名乗って憚《はばか》らない輩なのだ。つまり心当たりが多すぎて、どこから手を付けたらよいか、春夜には分からんので困っているのだ」

山と恨みを買い、揉め事を多く抱えているらしい。出雲屋の付喪神達は沸き立った。

「まあっ、驚いた」

「お姫、そこまで悪徳だと、いっそ凄《すご》い気がするな」

「みゃあ、阿久徳屋で働くことにならなくて、助かった。悪の親玉殿に、こき使われそうだ」

猫神が大きく息を吐き、ほっとしたように尻尾《しっぽ》を振る。すると、だ。そこで阿真刀達、阿久徳屋の付喪神三人が頭を掻《か》く。

「あのぉ、そうはっきり言われると、頼みにくいのだが。今日はな、お願いがあって、春夜は出雲屋へ来たのだ」

「お願い？　うちにですか？」

黙りこんだ出雲屋の面々へ、春夜が深く頭を下げた。

「元締めを見つけたいのです。大急ぎで、捜さなくてはならないのです」

しかし、両国にいる手下達を使って捜しても、上手《うま》くいっていない。

「それで、その。居場所を突き止める為に、こちらの付喪神達をお借りできませんか？」

最近、阿久徳屋が困っていたことというと、実は例の幽霊話なのだ。出雲屋に否と言われ、阿真刀達にもそっぽを向かれたから、仕方がない。話は断ることになっていた。

「ですが大身旗本は、引き下がらなかったのかもしれません」

阿久徳屋は旗本山白家の屋敷へ連れて行かれたが、己で幽霊退治などやれず、そのまま帰れなくなったのではないか。一応、手下を旗本屋敷へやり、阿久徳屋が行ってないか調べさせたが、門番に返事もしてもらえなかったと言い、春夜は顔をしかめた。

「しかし付喪神達なら、影内から武家屋敷の内へも入れます。それで阿真刀達に、元締めが中にいるかどうか、見てきてもらおうと思ったのです」

だが今、春夜の手元には、三人しか付喪神がいない。そして山白家は四千石の大身なのだ。千六百坪ほどの広さがある屋敷は、周りをぐるりと長屋塀がとり囲んでおり、中には御殿が幾つもあるという話であった。家臣達も、何十人もいるらしい。

「うちの付喪神達だけで捜すには、広すぎます。万一、本当に幽霊が出る屋敷であったら、三人が危うくなるかもしれません」

　春夜はここで、出雲屋の付喪神達へ目を向ける。

「力を貸して下さい。うちの付喪神と一緒に、山白家へ行って欲しいんです。他にどうしたら良いのか、考えが浮かびませんでした」

　天下太平で、今時は武士より商人の方が、金を持っていると言われている。いや、立場はぐっと下だが、阿久徳屋のような元締め達とて、武士よりよい暮らしをしているだろう。

　ただ、それでも武士は武士なのだ。身分というものが、江戸には、いやこの日の本には、確かにあった。大身旗本の屋敷へ、盛り場で暮らす者が、ひょいと入ったり出来ないのだ。

「なるほど」

　納得はしたものの、十夜は返事が出来ずにいた。話を承知すれば、付喪神達を手駒にしたがっている阿久徳屋と、縁を作ることになる。付喪神達を、危ういことに巻き込んでしまう。決断が出来ない。

　すると、ここで返答をしたのは、当の付喪神達であった。集まって、もそもそと話していたと思ったら、月夜見が歩み出てきて、春夜へこう切り出したのだ。

「よろしい。春夜殿、今回に限り力を貸してやろう。ただし、だ」

阿久徳屋は二度と、出雲屋とその付喪神達を困らせてはいけない。そう言い出したのだ。あの変な阿久徳屋ではなく、春夜がそのことを、約束しなくてはいけない。春夜の付喪神達にも、承知してもらう。今後、阿久徳屋が勝手をしようとしたら、その両方が、止めなくてはならないわけだ。

「そういうことで承知か？」

月夜見は問う。

「不満なら、我らには頼まぬことだ」

すると春夜は一寸も迷わず、付喪神達へ、お願いしますと頭を下げた。小さな阿真刀らも、話はまとまったと頷く。

「ならば我らは当分、月夜見らと、この出雲屋から動くことにしよう。店主方が、付喪神のことを承知しておる。ゆえに、こちらの店なら、姿を現しても平気だからな」

阿久徳屋を捜している間、春夜が、出雲屋へ通うわけだ。

十夜が何かを言う前に、ことは決まってしまった。仕方なく頷いたものの、不安な顔つきになっている。阿久徳屋が、また思いも掛けない騒ぎを連れてきたと、小声を漏らしていた。

しかし野鉄は思うのだ。

（でも十夜は……春夜さんを見捨てることも、出来ないんじゃないか）

ならばあの悪の親玉を、さっさと家へ連れ戻すしかない。十夜は、新参の付喪神三人が、落ち着ける場所を用意する為、空の桐箱を探しに立ち上がった。

2

「阿久徳屋殿を捜しに来ただけなのに。なんでこんなことになるんだ？」

阿真刀達三人と、出雲屋の月夜見、野鉄、五位、猫神、お姫の五人は、武家屋敷の中で、顔を見合わせることになった。気がつくと、恐ろしいような気配が、じりじりと近づいてきていた。

「逃げるか？　戦うか？」

付喪神達は先ほど山白家の屋根裏へ入り、物音を立てないよう大人しくしていた。下にある部屋に武家が現れたので、見つからないようにしたのだ。

ところが。そうしている時、屋根裏に潜んでいるのは己達だけではないと、不意に分かった。何者かが同じ薄闇の中にいた。その上、その誰かは、付喪神達がいることを察し、じわじわと寄ってきたのだ。

相手の名など分からない。下手をしたら、付喪神達では全く敵《かな》わない相手かもしれない。

（もしや、噂《うわさ》に聞いた幽霊か。それとも怪異か？）

野鉄が身を強《こわ》ばらせた時、横で五位や猫神も、目配せを始めた。だがもし、皆で逃げ出したら、大きな足音がするだろうから、下にいる武士に、気付かれてしまいそうだ。

（どうする？　万一戦いになったら、やはりここに我らがいることを知られてしまう）

とにかく、決断せねばならない時が刻々と迫っていることだけは、分かった。

（一斉に影へ飛び込んで、表へ逃れるか？　それが一番、安心できるやり方だ）

ただ、ここで屋敷から逃げ出したら、もう一度この武家屋敷へ、戻って来ようという気になれるかどうか。野鉄には、己でも分からなかった。


今朝方、出雲屋に集った付喪神達は、まず己達の勤勉さを、自分でどっさり褒めた。これから幽霊がいるという屋敷へ忍び込み、働くのだ。だから甘い言葉の先払いが、必要だと思われた。

旗本屋敷に入る時、十夜は皆に、干し芋や甘い物が入った小さな袋を渡し、無理はするなと言い含めてきた。

「阿久徳屋さんが、お旗本の山白家にいると分かったら、きっとこちらで何か手が打てる。だから連れ出せなくてもいい。皆は危ないことなどせずに、早めに帰ってくるんだよ」

「分かっておる。十夜は心配ばかりしておるな。蛇が出ようが鬼が出ようが、大丈夫だ」

付喪神は立派なのだから、心配には及ばないと野鉄は胸を張ったが、何故だか眉尻《まゆじり》を下げられてしまった。

とにかく付喪神達は春夜と十夜に、山白家の近くまで舟で送ってもらった。深川から隅田川を舟で遡り、町屋が続く辺りを過ぎると、武家地へさしかかる。じき隅田川から離れ、東へ延びる堀川《ほりかわ》へ舳先《へさき》を向け、進んで行った。

堀沿いには町屋があったが、舟はそのまま東へ向かい、やがて十字に交わった堀川を北へ抜けると、その内桟橋《うちさんばし》へ寄った。目の前の長屋塀が続く道に、人影はなかった。

「気をつけて行っておいで」

二人に見送られ、影から屋敷へ入り込むと、難なく長屋門の中へと着く。野鉄達は、誇らしげに頷いた。

「我らは、本当に役に立つ付喪神だな。阿久徳屋の居場所も、きっと直《す》ぐに摑めるだろう」

お姫が横から、嬉しそうに言う。

「お八つを持たせてもらって、良かったですね。ほら、ここから見えるだけでも、幾つも御殿があるみたいですから」

調べるのに時が掛かるかもしれない。お腹《なか》も空《す》くだろう。お姫のその言葉に、今度は月夜見が頷いた。

「うむ、春夜は饅頭《まんじゅう》をくれた。気が利いておるな。阿真刀、お前さん達は、いつもこんなに美味《うま》いものを貰ってるのか？」

「春夜は、ねだればくれるな。でも実は、たまに会う阿久徳屋の方が、我らに甘いのだ。だがうっかり物を貰うと、あの男、後で何をやれと言い出すか、分からんからな。ちょいと怖い」

「春夜は、何だか変わった義父上、抱えちゃってますね。お姫は心配です」

皆は溜息《ためいき》を漏らしつつ、目に入った濡《ぬ》れ縁の影から、御殿の内へ入り込んだ。しかし、やはりというか、最初の一間に阿久徳屋がいた、などという幸運には恵まれなかった。

そのうえ直ぐ、話し声が近寄ってきたので、慌てて影内に逃れる。それから出雲屋の面々の言葉に従い、皆は部屋の屋根裏へ登ることに決まった。

野鉄はある大きな家で犬に追われた日、覚《さと》ったことを、阿真刀達へ語った。

「こういう大きな屋敷内を探る時は、屋根裏から下を見て行った方が、早いのだ。襖《ふすま》を開けたり、影から出るたびに、人に会うのではないかと、心配する必要がなくなる」

「しっ、野鉄、声が大きいですよ。下に、誰か来ました」

お姫に言われ、全員が黙ると、武士が二人現れ、部屋を検《あらた》め始める。じき、下から、ひさとくや、という言葉が屋根裏へ聞こえてきた。

（あれ、ひさとくや、って……どこかで聞いたような、知らないような名だな）

野鉄が首を傾げ、一寸、屋根裏もざわめいたが、皆、慌てて口をつぐむ。下からの言葉は続いた。

「あの男は、もう帰ったはずだよな？　ならば妙な気配は、例の幽霊のものか？」

「それとも御殿に、新たな怪異が出たのかのぉ。御家老様も、心配なさっておるわ」

二人は急ぎ、次の部屋を検めにゆく。下の声が遠ざかり、付喪神達はほっとした。

だがその時、直ぐに次の難儀が持ち上がってきたのだ。

「えっ」

野鉄は不意に、背後が気になった。それからそろりと、後ろへ目を向ける。屋根裏は薄暗く、先までは見通せなかったが、それでも何かが、先ほどまでとは違うと分かった。

（う、うわぁ……）

思いもかけないことに、付喪神達以外の者が、屋根裏に現れていたのだ。恐ろしいような気配が、じりじりと付喪神達へ近づいてきていた。

なんで、誰が、どうして武家屋敷の屋根裏になどいるのか。どう考えても、真っ当な者ではないに違いない。

「逃げるか？　戦うか？」

だが、今、戦うのは拙《まず》い。まだ近くにいる先ほどの侍達に、争う音を聞かれてしまうからだ。野鉄は顔をしかめた。

（現れたのは、もしや噂に聞いた幽霊か）

ならば、そもそも戦うことすら、出来ない相手かもしれない。

（どうする？　皆と影へ飛び込んで、表へ逃れるか？）

迷った、その時だ。

いきなりずいっと、薄闇の中から顔が現れてきた。両の手があっという間に伸びてくると、止める間もなく、お姫の身を摑む。

「ひっ」

「きゃーっ」

影内へ逃げることすら出来ず、付喪神達は悲鳴を上げてしまった。途端、下の間へ足音が集まってくる。上だ、屋根裏だという声も、耳に届いた。

「十夜、逃げられないよっ」

狭い屋根裏の中だから、野鉄は飛ぶことすら出来ない。だから、怖くて涙を滲《にじ》ませはしたが、勇気を振り絞って野鉄は身構えた。

そして飛びつくと、お姫を掴んでいる手に、思い切り噛《か》みついたのだ。

3

「痛ぁっ、何しやがるんでぇ」

大きく手が振られ、野鉄は吹っ飛んでしまう。だがその間に、現れた者をまじまじと見つめた付喪神達は、皆、動けなくなっていた。

「あ、あれ？　このお人……阿久徳屋さん？」

間抜けた声を出したのは五位で、腹ばいで屋根裏を這《は》いずっていた男を、ただ見つめている。男の方も、魂消《たまげ》た顔を皆へ向けてきた。

「おんや、付喪神達がいるじゃないか。何で、こんな所に顔、揃えてんだ？」

「本当に、阿久徳屋さんだっ」

阿久徳屋を捜す為、潜り込んだ屋敷で、ちゃんと当人と出会ったのだ、なのに双方が呆然《ぼうぜん》としていた。

だが、一寸の後、阿久徳屋は摑んでいたお姫へ、嬉しげに頰ずりをする。

「おおっ、留守にしたんで、わたしを案じて、阿真刀達と一緒に、見に来てくれたのか。嬉しいよぉ」

「嫌ーっ、気味悪い、触らないでっ」

お姫が悲鳴を上げ、猫神が前足の一撃を食らわせると、頰を押さえた阿久徳屋が、何でだと半泣きの顔を向けてくる。だがその時、下の部屋に人が集まったので、付喪神達は慌てて、その場から退散することになった。皆を引っ張ったのは、なんと阿久徳屋であった。

「話は後だ。捕まりたくなかったら、こっちへ来な」

阿久徳屋ときたら、大きななりをしているのに、驚く程の速さで屋根裏を動いてゆく。一旦屋根の端まで行き、軒下にある狭い穴から外へ這い出て、向かいの御殿へ移った。それから器用に、また屋根裏へ潜り込む。こちらには、一度来たことがある様子であった。

「ここは奥様の御殿なんだ。おなご達の住まいで、家臣達は入っちゃ来られねえから、表の建物より安心できる場所だ」

もっとも長刀《なぎなた》を持ったおなごに、屋根裏を調べられるかもしれないが。

「拙いねえ、剣呑《けんのん》な話だねえ」

とにかく一息つこうと、屋根裏に座り込んだ阿久徳屋が言い、付喪神達は、ほっとして寝転がる。だが助けに来たはずなのに、助けられたわけで、野鉄は少々情けなかった。だが阿真刀は、そんなことは気にせず、ここで阿久徳屋へ妙な問いを向ける。

「元締め、元締めは、ひさとくやという名に、覚えがあるか？　さっき下の部屋にいたお武家が、そんな名を口にしてたんだ」

だから阿真刀は、屋根裏に現れた者を、その〝ひさとくや〟かもしれないと思ったという。ところが出会ったのは阿久徳屋であった。

「何か妙だよな？」

すると阿久徳屋は、驚いた顔になった。

「今更何を言ってんだ。阿真刀、久徳屋は、うちの名じゃないか」

久徳屋《ひさとくや》阿喜夜《あきや》。

「それが商売人としての、わたしの名だ」

阿久徳屋がきっぱり言ったものだから、付喪神達は揃って、目を見開く。

「ひさとくや……そうか、久徳屋と書くのか。阿久徳屋ってぇのは、変な名だと思ったけど、ただの呼び名だったわけか」

阿喜夜の阿の字を、久徳屋の頭にくっつけたのだ。それで阿久徳屋になったんだなと、阿真刀が頷く。

「知らなかった。あ、すっきりした」

だが、当人から悪を思い起こさせなければ、そんな呼び名になるはずもない。しかも今は己で、阿久徳屋の名を称しているのだから、久徳屋の名は忘れられ、春夜の付喪神達ですら知らなかったのだ。

「やっぱり、阿久徳屋さんは、変だ」

付喪神達は笑い出し、その場がほぐれていく。野鉄は立ち上がると、阿久徳屋へ、春夜に居所くらい知らせておけと、まず伝えた。

「お前さんが突然消えたものだから、春夜さん、心配してるぞ」

何かあったのではと案じ、付喪神達が武家屋敷へ来ることになったのだ。すると阿久徳屋は思いのほか、素直に謝った。ただ。

「春夜へは、しばし山白家に滞在すると、知らせたはずなんだが。文を出してくれるよう、この屋敷のお武家へ頼んでおいたぞ」

届いていないのかと、薄暗い中で阿久徳屋は、首を傾げている。

「山白家の家老に、嫌がらせをされたかな。ご意向に添えなかったからなぁ」

すると、なんで武家屋敷で揉めているのかと、小さな付喪神達が一斉に、阿久徳屋へ半眼を向ける。

「元締め、今度は何をやらかしたんだ？」

途端、阿久徳屋がその顔を、ぐぐっと五位へ寄せた。

「うわっ、顔が近すぎる」

「出雲屋の付喪神、お主達がわたしへ、そんなことを問うのかい」

今回山白家と揉めたのは、出雲屋のせいだと、阿久徳屋は言い出した。

「先日わたしは、お前さん方付喪神を借り損ねた。覚えてるだろうに。旗本の山白家が、幽霊退治をしたがっていることも、家中に不幸が続いていることも、伝えたはずだ」

あの時は、直ぐに付喪神達の貸し出しを断られ、詳しいことを伝える間もなかったと、阿久徳屋は言葉を続ける。

「実は山白家じゃ流行病《はやりやまい》で、家臣やお殿様のお子らが、何人も亡くなったとか」

するとじき、屋敷内に幽霊が出るようになったというのだ。他にも怪異の噂がある。家老は早々に、幽霊を退治することにしたが、声が聞こえるばかりで、姿を捉《とら》えることができない。誰の霊なのかも分からず、御坊の調伏は失敗したという。

「そんな時だ。先日屛風《びょうぶ》の件で関わった、御家人の八田様。あの方と御家老が、顔を合わせる機会があったとか」

それで家老は、妖に幽霊を捜させようと思いついたのだ。春夜の付喪神阿真刀は、うんざりした顔を作った。

「阿久徳屋は阿《あ》呆《ほう》か。我らには絶対、幽霊が誰かなんて、分からんぞ」

出雲屋の付喪神達も、幽霊が見えるのかと問われ、皆、首を横に振っている。

「阿久徳屋ときたら、適当だなぁ」

「付喪神達のことを、勝手に誤解したのは、八田様だ。わたしじゃないぞ」

阿久徳屋は、せっせと責任を他へ押しつける。

「とにかくわたしは、出雲屋の付喪神達から、山白家行きを断られた。それで、しばらく山白家へは、近づかないでいようと思ってたんだ。そしたら出雲屋からの帰り道、なんと山白家の御家老様と、ばったり会っちまった」

あの時舟にいたのは、一番会いたくない御家老様だったのだ。舟に乗る羽目になり、返事を聞かせて欲しいと言われ、更に困った。

「仕方なく、幽霊退治は無理だと正直にお伝えしたら、舟の内で、怒られてしまった」

山白家では幽霊が夜となく昼となく、出るようになっていたらしい。お殿様がそれを、大層気にされているというのだ。

「己で殿へ謝れと、御家老様ったら、大声でわめいたんだよ。船頭が魂消て、川へ落ちそうになってた」

怖かったと、阿久徳屋は臆面《おくめん》もなく付喪神達へぼやく。仕方なく、謝って事を終わらせようと、阿久徳屋は山白家へ伺ったのだ。

すると。

「山白家のお屋敷へ行ったはいいが、酷《ひど》く待たされた」

どうやら阿久徳屋は、余程不興を買ったらしい。せっかく頭を下げに行ったのに、そのまま四日、侍長屋の端にある納戸のような部屋で、待たされ続けたのだ。

「うん、間違いなく御家老様の嫌がらせだ。その間に春夜へ書いた文だって、渡してくれてなかったし。飯も、少なかったし」

五日目になった昨日、ようやく板間へ家臣の一人が呼びに来て、殿様と会えることになった。ところが、その家臣と話している時、微《かす》かな声が聞こえてきたのだ。

「おや……？　泣き声でしょうか？」

二人の他に誰もいない部屋で、何故、泣き声が聞こえるのかと、阿久徳屋は辺りを見回した。しかし声の主などおらず、代わりに、青くなった家臣の顔が目に入る。大の男がその始末とは、余程、家中で恐れられている声だと知れた。

「おやおや、これが噂の幽霊……の、声ですか」

阿久徳屋は、悪の親玉なので、肝は据わっているらしい。その後、ろくに話が出来なくなった家臣に連れられ、殿様の所へ向かった。直々《じきじき》に、大いに叱られると思った。

ところがだ。今し方、幽霊の声を聞いたと口にしたら、殿様の怒りは、どこかへ吹っ飛んでしまった。

「余所の者にも、声が聞こえるのか。ならば家中の者の、空耳ではないな」

そして阿久徳屋は、何故だか帰ってもいいことになった。悪の親玉は、明るく言う。

「うん、もはや山白家の皆様は、わたしなど目に入っていない様子だった」

ただ、それも仕方がないと、阿久徳屋は続ける。暇で暇で仕方がなかった間、御家来を捕まえ、山白家の話を聞いていたのだ。

「さっき、山白家を流行病が飲み込んだって言ったろ？　御家来によると、そりゃ酷いことになったってぇことだ」

跡取りの若様も、次男の和子《わこ》様も亡くなり、その母御も身罷《みまか》った。お子が、小さな姫様一人しかいなくなった。

殿様には、随分と年の離れた弟君がいたというが、跡目の和子様が生まれた後、養子にやったから、今は跡取りになれる者がいない。もし今殿様が、急に病を得て亡くなったら、山白家は潰《つぶ》れてしまうかもしれないのだ。

「怯《おび》えてるからかね。幽霊の声は、次に死ぬ者を呼ぶ声だって話が、屋敷内に広がってるそうだ。だからあの御家老、付喪神という妖に縋《すが》って助かろうと、思いついたりしたんだよ」

何が面白いのか、阿久徳屋は口の両端を引き上げ、にたぁと笑う。そして、こう続けた。

「だが、なんにせよ、山白家で幽霊の声がしているのは本当だな。このわたしも聞いたんだから」

　阿久徳屋は、この世に付喪神という妖がいることを、今は承知している。だから幽霊もいるかもしれないと、あっさり口にした。

「だけどなぁ、流行病で死人が出た後、その中の誰かが幽霊になったと言われると、首を傾げちまうんだ」

　流行病は、珍しくもないものだ。江戸では時に、棺桶《かんおけ》が足りなくなる程、人の命を奪うこともある。

「だがそんな時でも、江戸中に幽霊が増えたという話など、聞かなかったしさ。ならば何故、山白家だけに幽霊が湧いて出たんだろう」

　阿久徳屋の笑顔が、この時、怖いものに変わった。舌なめずりをしかねない顔であった。

「面白いねぇ。やはり山白家には何か、余所へ言えない、隠し事があるに違いないさ」

　それで……。言いかけて、阿久徳屋は急に言葉を切った。付喪神達は揃って、首を傾げ、屋根裏に座る阿久徳屋の顔を見上げる。阿真刀が問うた。

「それで？　そういえば阿久徳屋、殿様はお主に、もう帰ってもいいと言ったんだよな？　それも昨日、言ったんだよな？」

「うん、言った」

「なら、何故、とうに帰っておらぬのだ？」

阿久徳屋は、返事をせずにまた笑う。野鉄は口を尖《とが》らせた。

（さて、この男、どうしてこの屋敷に残っておるのか）

じらすように話を引っ張られ、付喪神達は阿久徳屋の方へ、ぐぐっと身を乗り出して言葉を待った。

ところが丁度その時、下の間に、何人か入ってきたのだ。野鉄が急ぎ、天井板の節穴から下を見ると、長刀を持ったお女中達が、部屋を検めている。その内、長刀の長い柄を使って、天井板を、どんどんと突き始めた。

（幽霊か怪異を、捜してるんだな）

山白家に、幽霊が現れているからに違いない。お女中も、怯え続けているわけだ。屋根裏に潜む面々は、お女中が去るまで、喋ることも動いて辺りを軋《きし》ませることも、出来なくなってしまった。

4

ずりずりずり。阿久徳屋が、なるだけ音を立てないように、屋根裏を腹ばいで進んで行く。やっとお女中達が消え、動き出せたのだ。

とことことこ。その後を、付喪神達が歩いて続く。だが御殿の屋根裏を端までゆき、屋根の上へ出ても、阿久徳屋は、山白家に居残った訳を口にしない。五位が溜息を漏らした。

「お主、家臣達が見つけられない幽霊を、一人で捜す気か？　なんとしても山白家の弱みを、握りたいわけか？」

しかし、もし見つけても、幽霊など、捕らえることは出来ない。触れられないのが、幽霊というものであった。阿真刀も続く。

「とにかくこのまま、山白家へ留《とど》まるのは無茶だ。腹が減るぞ。水は夜、台所の瓶《かめ》の水でも、飲んでいたのか？」

途端、阿久徳屋が屋根の上で、破顔一笑した。

「皆、よく気が付いたな。凄い、さすがは付喪神だ。頭がいい。しかも優しいぞ」

大丈夫、いざという時の為に、幾らか干し芋を持ち歩いていると、阿久徳屋は言い出した。小さな竹筒も持っており、夜、台所でそれに、水を詰めておいたという。

「困ったのは、厠《かわや》へ行くことの方だな。我慢できなくなり、必死に屋根から降りて、庭を走ったことがあった。ありがたいことに、屋敷の周りには、植え込みが多くある。そこへ入ってしまえば、人目につかないのだ」

「そんなことを、我らは気に掛けてなどおらん！」

ここで五位が、怖い顔を見せる。

「もういい。話は途中だが、それで構わん。阿久徳屋が、まだ帰りたくないのなら、我らは先に失礼しよう。わたしと野鉄は飛べるのだ。お主の帰り方を考えなくとも良いなら、簡単にこの屋敷から逃れられる」

一日影の内へ入り、出やすい場所へ移ってから、仲間と共に飛ぶだけだ。

「春夜には、阿久徳屋が山白家にいたと、伝えておいてやろう。芋が尽きる頃には、抜け出てこいよ」

ではさらばと、五位が背を向けた時、阿久徳屋が慌てて、待ってくれと声を掛けてくる。一人きりでいた時はともかく、大人数になってから、また一人に戻ると、寂しいようだ。

「ええい、わたしがここにいる訳が、分からねえのか。今、お前さん達が、己で訳を言ったじゃないか」

幽霊とは、どんなものであるのか。阿真刀は野鉄と顔を見合わせた。

「確かに言ったな。幽霊は、捕らえることも触ることもできない、と」

「夜、お墓に出ることが多いですね。人魂と一緒にいたりします」

「そうさ、その通りだ」

阿久徳屋は瓦《かわら》屋根の上で、大いに頷いた。

「わたしは今回、幽霊の泣き声っていう、珍しいものを聞いた。正直に言うと、幽霊が口をきくのかどうか、今まで考えたこともなかったんだが」

「あ、このお姫もそうだわ」

そして阿久徳屋には、一つ、納得できないことが残ったのだ。

「あの泣き声が幽霊のものなら、なんで昼間っから聞こえたんだ？」

幽霊ならば、出るのは夜だろう。墓ではなく、死んだ屋敷へ出ることは、あるかもしれないが、どう考えても刻限がおかしい。

「つまりあの声は、幽霊のものじゃないんだ」

阿久徳屋には、そう思えた。だが、ならば、誰の泣き声なのだろうか。

「屋敷内で幽霊騒ぎがあったんだ。泣いてる者がいたら、周りが気が付くよな。心配して、そのままにはしておかないだろう」

なのに、今も泣き声は続いている。放って置かれているあの声の主は、誰なのか。

阿久徳屋はそれが気になって、仕方がないのだ。

「幽霊騒ぎの大本を見つけたら、どうする気なのかな？」

阿久徳屋が泣き声を気にしているのが、妙に思えたのだろう。阿真刀が口をひん曲げた。だが阿久徳屋が答える前に、お姫が急に、仲間の話を止めた。それから、また頬ずりされないよう間を取りつつ、阿久徳屋へ近づくと、先ほど出てきた屋根裏に通じる穴へ、顔を向けた。

「ねえ、ここから今、声が聞こえてきたんだけど。これ、話に聞いた幽霊の声じゃないかな？」

「えっ？」

阿久徳屋も付喪神達も、一斉に穴の方を見る。皆は寸の間、耳を澄まして、顔をしかめ頷いた。

「確かに不思議な声がしますね」

この声が気になったから、阿久徳屋は家にも帰らず、声の聞こえてきた屋根裏へ入り込んで、さまよっていたのだろうか。お姫はここで、眉根を寄せ、屋根裏の方を睨んだ。

「阿久徳屋さんが言うように、これ……幽霊の声じゃないわ」

途切れ途切れに聞こえている声の主は誰なのか。おなごである自分には分かると言って、お姫は小さな両の手を握りしめる。

「その声……子供の声かもしれない」

「えっ？」

それは考えていなかったらしく、阿真刀と青馬が顔を見合わせた。野鉄はここで、阿久徳屋を見る。

「おい、悪の親玉さん。この声の主が、幽霊じゃなくて、子供だったとする。で、悪の親玉さんは、この後どうする気なんだい？」

子供が泣いている訳を摑み、その親を脅しの種にする気なら、野鉄は屋敷の屋根から、阿久徳屋を突き落としたくなるだろう。子の為、親へひとこと言い、幽霊の噂を消す気なら、帰るのは遅くなるが、手を貸さないでもない。

「たださぁ。悪の親玉を名乗る者が、子供の為に働くとは、思えないんだけどね」

しかし考えてみると阿久徳屋は、妙な名を名乗っている割には、捨て子の世話を続けてきた。もしかしたら、ひょっとして、幼い子だけには優しいのかもしれない。

「だから、屋根から落とす前に、聞いておく。どっちなんだ？」

野鉄の言葉を聞き、付喪神達が揃って阿久徳屋を見つめる。すると、口の片端を引き上げ、思い切り悪党らしい顔つきとなった。

「わたしはね、悪の親玉を名乗る男なんだ。幽霊の噂を消して回る気はないよ」

そして、だ。親へ説教をしたいと思うこともない。阿久徳屋は暇ではないのだ。

「えっ、どっちの考えも、否ってことか？　ならどうして両国へ帰らず、山白家の屋根裏にいるんだ？」

腹が減るじゃないか、寒いじゃないか、草臥《くたび》れるじゃないか。おまけに、屋根裏に潜んでいたら、山白家の者達に怪異だと言われ、追われることになる。何の為に、こんな阿呆なことを続けているのか。阿久徳屋は付喪神達全員から、問われることになった。

　答えは、直ぐに返ってきた。

「気にくわねえからな」

「あの、何が？」

「言っただろ。この屋敷じゃ最近、流行病で人が多く死んでる。納戸で待たされてる間に聞いたんだ。全部で九人亡くなってるそうだ。内、老人が三人、五人が子供だったとか」

　殿様の和子も二人死んだと、阿久徳屋は続けた。屋敷は災いに見舞われたのだ。男達まで落ち着きをなくしたまま、ただの泣き声を怪異だと思うほど、気を立てている。

「幼い子ってぇのは、どうしてああも、この世にしがみつく力が弱いんだろうね。死神にすぐ、持って行かれちまう」

　阿久徳屋だとて、大概の親が、必死に子を育ててるのは知ってる。そして流行病を止める力は、己にもない。だが、しかし。

「この泣き声、葬式から何日も経《た》つってぇのに、今も続いてるんだ」

　流行病に振り回されず、落ち着いて事を見た阿久徳屋は、直ぐに気が付いた。あれは幽霊の泣き声ではないと。

「なのに、この屋敷にいる者は、あの声を、ただ怖がっていやがる。助けに行かず、幽霊や妖だと言い放ってるんだ」

だから。

「帰っていいと言われた後、この屋敷に残って、あの泣いている子が誰か、調べることにしたんだよ。で、子供を見つけたら」

阿久徳屋は、子育てをし損ねている親から引きはがし、ちゃんと育ててくれる誰かに、託してもいいと思っているのだ。侍の身分から、町人に変わるかもしれないが、幼子には分かるまい。

「えっ……」

付喪神達が慌てた。

「親が側《そば》にいても、引き離すってこと？」

「おい、そりゃ、無茶な」

「親と離されちゃ、子がもっと泣くぞ」

「だからお前らに、おれの考えを言うのは、嫌だったんだよ」

死なないよう、子供を育ててくれる親なら、ありがたい。厳しい親だろうが、阿久徳屋が口を出すことではない。

だが親の体面も大事だ、実の親子でいるのが大切だと、そこばかり気にしている間に、幼子が死んでしまうのは承知できなかった。

「この屋敷の者は、子を守る力が弱いのかもしれん。ならさっさと、ここから連れ出してやるべきさ。邪魔すんなよ、付喪神達」

阿久徳屋の言葉が、段々押しの強い、気合いの入ったものへと変わってゆく。付喪神達は、阿久徳屋に賛同しなかったが、さりとて、この後が気になり、帰ってしまうことも無理となってしまった。

「阿久徳屋って……子供のことになると、人が変わるんだな。どうしたらいいんだ？」

野鉄はぼやいてみたが、答えは浮かんでくれない。幽霊騒ぎは、気が付けばとんでもない話に、化けようとしていた。

5

どうやら泣き声は、仕切りのない屋根裏を伝って、遠くから聞こえてくるらしい。

その声を追い、再び屋根裏へ潜り込むと、阿久徳屋は別の棟へと進んでいった。

「子供が泣いてるとしたら、家臣達が一家で暮らしてる長屋だろう。そっちへ行きたいんだが」

初めてきた屋敷だし、大身旗本の住まいは大きい。大名家と同じく、政務を行う間も当然ある。その上、殿様が暮らす御殿と、家臣達の住まいは別の棟だ。

おまけに屋根裏は薄暗いから、阿久徳屋はよく方角を見失うとかで、まだ行ってない場所が多くあると言った。それで阿久徳屋は、屋根裏から下を、時々確かめている。

「こっちの棟は、ご隠居様のお屋敷かな。また進む方角を違《たが》えちまったか」

確かにその時、屋根裏から見た下の部屋には、不思議なほど人の姿がなかった。皆、首を傾げていたが、じき事情を察していく。お姫が首を振った。

「この御殿の主《あるじ》殿も、多分先の流行病で、亡くなったのね」

まだ棟の主がいなくなったばかりなので、次のことが決まっておらず、棟に人がいないのだろう。阿久徳屋が頷く。

「ご隠居様まで亡くなってたか」

もしや家中で一番多く身内を失ったのは、当主である殿様ではないのか。野鉄はそう言うと、がらんとした下の間へ目を向ける。

「看病したり、見舞ってる間に、身内に病がうつっちまったのかな」

阿久徳屋の顔が、何か寂しそうだった。するとその時、だ。皆が話を、突然ぴたりと止めた。屋根裏のどこかから、何か聞こえてきたのだ。そろりと目を見合わせる。

「また、幽霊の声かしら」

「お姫、これは違うぞ。泣き声ではない」

誰かが、この近くにいるみたいだ。野鉄がそう言うと、阿真刀達も頷く。下に人は見えないから、音は屋根裏の薄闇から聞こえてきたと思われた。阿久徳屋が付喪神達に、小声を向けてくる。

「もし、この屋根裏で御家中の者に囲まれたら、わたしは逃げられないな。その時は皆、すぐ影内へ入ってくれ」

「……承知」

付喪神達が頷く。全員が捕まるより、逃げられる者が逃げ、後で仲間を助ける方が、いいに決まっている。気配はじわじわと近づいていた。止まらないでいる。

「来る」

阿久徳屋が短く言った時、薄暗い屋根裏に、男の姿が浮かび上がった。這いつくばるようにして進んでくるのは一人で、どうやら武士だと分かった。

その時だ。男を目にした阿久徳屋が、低い屋根裏で突然身を起こし、思い切り頭を柱にぶつけ、痛いと言ってうずくまったのだ。

場違いに滑稽《こっけい》な一幕を目にして、付喪神が呆然としていると、ようよう話が出来るようになった阿久徳屋が、現れてきた男へ声を掛けた。

「山白家のお殿様。どうして屋根裏へなぞ、おいでになったのかな」

「お殿様？」

その名を聞いた付喪神達は、思わず皆、息をのんだ。


さすがに大の男達が、腹ばいになったままでは、話も出来ない。阿久徳屋は、屋根裏の端まで行くと天井板を外し、物置のような狭い部屋へ降りていった。そして横の一間へ出ると、殿様が後に続く。

都合のよいことに、今、隠居所の御殿に人はいない。付喪神達は、多分殿に姿を見られてはいなかろうと、屋根裏に残り、部屋に座った二人の話をそっと聞くことになった。

向き合い、まずは何故、屋根裏にいるのかと問われた殿が、阿久徳屋へ言い返す。

「この屋敷は、山白家のものだ。当主がいても、おかしくはなかろうに」

だが阿久徳屋は大身旗本へ、嫌みな笑いを見せる。そういう物怖《お》じしないところは、大物の風格であった。

「あのねえ、殿様。殿様が屋根裏を這いずってるなんて、奇妙な話なんですよ。聞いたこともございませんや」

一度会った時の、大人しかった様子とは、別ものだったからだろう。殿様は不思議なものでも見るような目で、阿久徳屋を眺めている。

「お主は、家老が幽霊退治を頼んだという町人だろう。久徳屋とか言ったな」

お主は何故、あんなところにいたのかと、殿様が言い、そして一つ言葉を付け足した。

「ひょっとしてお主は、あの幽霊の声を聞いたのではないか。だから屋敷に残り、あの声を追っていた。そうではないのか？」

「おやおや殿様、そんなに幽霊の声が気になりますか」

その時、屋根裏にまた泣き声が聞こえてきて、付喪神達は顔を見合わせた。

「あ、また聞こえる。今度は思ったより、近くから聞こえる気がしますね」

「阿真刀さん、見てきましょうか」

お姫と阿真刀が駆け出したところで、下の二人も、泣き声に気が付いた様子であった。すると殿様が、野鉄が驚くような言葉を、阿久徳屋へ向けたのだ。

「お主、幽霊や妖に詳しいそうだな。あの声、本当に幽霊のものだろうか。もしかして……子供のものだろうか」

「ふーん、殿様も阿久徳屋と、同じことを思いついていたのか」

五位が天井裏でつぶやいた時、殿様は思わぬ方へ話を繋《つな》いだ。

「久徳屋、あの声は、亡くなった和子のものではなかろうか。幼くして身罷ったのだ。心残りがあったに違いない」

「は？　和子様？」

思い切り目を見開いた阿久徳屋へ、殿様は更に、思い込みの激しい言葉を続けてゆく。声が聞こえるようになって直ぐ、殿様は我が子かもと、思い巡らしたらしい。それで家老に、幽霊に詳しい者を探させたというのだ。

「お主、屋根裏で和子の幽霊に会わなかったか？　教えてくれ。もう一度、あの子に会いたいのだ」

殿様は真剣な顔を、阿久徳屋へ近づけたのだ。その時、野鉄は天井板の節穴から、さっと目を離した。

「う、うわぁ。阿久徳屋ときたら、苦虫を百匹くらい噛みつぶしたような顔、してるぞ」

野鉄が下の部屋にいたら、思わず逃げ出したくなるような顔つきであった。阿久徳屋は、これ以上ないくらい、不機嫌なのだ。

下へ目を向けた青馬が、ここで戸惑う。

「ええと、どうして阿久徳屋が、機嫌を悪くするんです？　殿様は亡き我が子のことを、今も、愛《いと》おしく思っているだけですよね？　情の深い、良き父親ではないですか」

返事をしたのは春夜の付喪神、文字茶だ。首を横に振った。

「そりゃ泣いている幼子が、他にいない場合です。それなら阿久徳屋は、お涙頂戴《ちょうだい》の話を、放っておいたでしょう。あのお人、湿っぽい話は嫌いだけど」

ただ、家臣達が浮き足立ち、泣いている子に目が届かないのなら、殿様が庇《かば》ってやるべきだと、阿久徳屋なら思うかもしれない。殿様は家中で一番、偉いお人だからだ。

つまり偉い人が、生きている子を放って、亡き子への思いに浸っているから、不機嫌なのだ。

「元締めは相手が偉いと、余計に厳しくなるところがあるから」

「なるほど」

付喪神達の声が揃う。

もしかしたら盛り場の元締めが、偉い殿様を引っぱたくのではないか。屋根裏に集った付喪神達は、そう小声を交わした。そして少しばかり、わくわくし始めたのだ。

「そんなとんでもない場に、まだ、居合わせたことがないんだ」

野鉄達は、出来たら一度、見てみたかった。

「面白そうじゃないか」

その時だ。お姫が急ぎ、戻ってくる。

「みんな、見つけたわ。泣いてる子、見つけたっ」

「おお、どこにいたのだ？」

「それが、この棟と、隣の棟の間にある渡り廊下の屋根裏に、入り込んでたの。とても狭いところ」

　あそこを大人が見つけるのは無理だと、お姫は断言した。小さな付喪神達だから、暢気《のんき》に屋根裏伝いに歩いていて、ばったり出くわしたのだ。

　そこへ更に、阿真刀の声が聞こえてくる。

「済まん、逃げられたっ。我より余程大きい、女の子だ。止められなんだ」

「泣き虫は、女の子だったのか」

　野鉄達が目を見開く。ここで見失うと、山白家にいる間に、また見つけられるかどうか分からない。

「残念、殿様の喧嘩を見るより、子供を追うのが先だな」

　付喪神達は、阿真刀が示した方へ一斉に駆け出した。

　野鉄は薄闇の先に、ひらと翻った振り袖を見た気がした。

6

　阿久徳屋が不機嫌なのが、さすがに分かったのだろう。殿様が戸惑ったようすで、どうしたと問うてくる。

それで阿久徳屋は、遠慮無く答えた。

「亡くなったお子は、早々に御仏《みほとけ》の許へ行ってますよ。幽霊なんかになって、生まれ変わることも出来なくなることを、願っちゃいけませんや」

親でしょうと言われて、殿様が一寸ひるんだ。すると悪の親玉は、かさに掛かって言葉を連ねてゆく。苦い気持ちを味わうのも、嫌いだからだ。

「どんなご身分の和子様でも、死んじまったら、親は手を出すことなどできやせん。お前様が気に掛けなきゃいけないのは、生きてる方の子供だ」

違いないでしょうと言われて、殿様が戸惑う。するとそこに、天井の方から駆け回る足音が聞こえて来て、二人は思わず上を向くことになった。

「……今日の幽霊は、一段と元気なようだな」

「殿様、元気な幽霊ってやつに、この久徳屋、まだ会ったことがありませんな」

阿久徳屋が屋根裏に入り込んでまで会おうと思ったのは、〝幽霊〟だ。しかし阿久徳屋には、幽霊のものだと言われていた声の主は、生きた子供としか思えなくなったと、殿様へ言った。

「生きてる子供？」

「なのに、流行病に浮き足立っちまった御家中の方々は、あれは幽霊だと言い、怖がってばかり。頼りの殿様は、息子に違いないと思い込んで、泣いている子が誰なのか、確かめないし」

「泣いている子？　久徳屋、あの声は、泣き声だったのか」

「それも分かっていなかったんだから、情けない話だ」

その内、屋根裏の足音は大きくなってゆき、女の子の泣き声だと分かるものが、はっきりと伝わってくる。

「おお、言われると分かるな。あれは、泣き声だ」

ここで阿久徳屋が、こっちへ来られるかと、天井へ声を掛けた。すると沢山の小さな足音が、一瞬乱れ、やがてどこかへ駆け去って行く。

だがしばらくすると、遠くからまた足音が、部屋へ近寄ってきた。しかし何故だか近寄るにつれ、足音は減っていく。

「来た」

阿久徳屋がそう言った途端、襖がさっと開けられて、小さな姿が飛び込んでくる。途端、殿様が目を見開いた。

「なんと、姫。さや姫ではないか」

「は？　お姫様？」

ということは、殿様の子だ。泣き虫は、お姫様なのかと、阿久徳屋が片眉を上げる。

すると悪の親玉は、現れたその子へ、さっと手を差しのべた。小さな女の子が立ちすくむ。

「お姫さんよう、お前さんはここずっと、そりゃ長い間、泣いてただろ？　多分その間、側には誰もいなかったんだよな？」

　皆が、幽霊が出たと勘違いするほど、長い間だ。

和子二人と、奥様、ご隠居様がお亡くなりになり、他にも死者が出たばかりだ。だから、家中が浮き足立っているのは分かる。

　しかしこれは姫を一人にした、乳母だけが悪いという話ではない。家中の者達も、父親も、周りにいたはずなのだ。

「生き残ったお姫様一人、満足に面倒を見られないとは、情けない話だぜ」

　周りにいるのがそういう者達では、頼りないこと甚だしい。だから。

「もし、お姫さんが出たいと思うんなら、このお屋敷から連れ出してやるぞ」

「はぁっ？」

　殿様が目を剝《む》いても、阿久徳屋はお構いなしであった。真っ直ぐさや姫を見たまま、勝手な言葉を続けてゆく。

「ちゃんと、立派な二親を見つけてやるぜ。小さなお姫さんを、一人で放っておいたりしない親だ」

するとその時、だ。阿久徳屋の耳に、苦笑のような笑い声が届いてきた。付喪神達の遠慮のない話が、聞こえてきたのだ。

「まだ分かってない。馬鹿だねえ」

「ええ、そうよね」

「まあ、阿久徳屋だから」

「春夜さん、これだから大変なんですよ」

「だよねえ」

目を見開いたその時、さや姫が動いた。一目散に殿様の背後へ隠れると、しばしの後、そっと顔を出して、阿久徳屋を見てくる。

しかし目が合うと、また急ぎ父親の背に隠れ、羽織を握りしめてしまった。

「えっ……何でだ？」

呆然とし、息を吸うのも忘れた体の阿久徳屋と、我が子を何度か見た後、殿様は両の眉尻を下げた。それからそっと姫を膝《ひざ》に上げ、泣いていたのかと優しく問う。

小さな姫は、頷いた。そして、でも余り長く泣くと皆に叱られる、と続けたのだ。

「だから屋根裏に隠れて、泣いていたのか」

姫は親の膝にいるからか、今度は怖がらず、直ぐに頷き、阿久徳屋が口をひん曲げる。

姫の泣き声は、仕切りのない屋根裏を伝って、方々へ聞こえたのだろう。そのうえ姫が、あちこちの屋根裏へ隠れたものだから、子がいるはずのない棟でも、何かの拍子に声が聞こえ、幽霊、などという言葉が飛び交うことになったのだ。

阿久徳屋が、実に情けない声で言った。

「なんでお姫さんは、こんなに情けない親父を頼る？　どこがいいんだ？」

「そうか。いや、そうだな。今まで気付かなかったのだ。わしは頼りない親だな」

ようよう落ち着いたのか、殿様は余裕を取り戻している。

「しかし、この後はちゃんとこの子に、気を配ろう。心配せずとも、もう大丈夫だ」

「ほんとかね」

疑うように言いはしたものの、阿久徳屋はもう、姫へ手を差しのべたりはしなかった。

一方殿様は、何かが気になったようで、天井へ目を向けたものの、問うことはなかった。その代わり阿久徳屋へ、お主には子がいるかと聞いてくる。

「へっ？　あ、はい。養子ですがね、赤子から育てた息子がいます」

息子から、しょっちゅう小言を言われると言うと、殿様が笑い出す。そして姫を抱いたまま立ち上がり、人を呼んだ。表まで客を送るよう言いつけてくれたので、阿久徳屋はすんなり帰ることが出来たのだ。

ただ、送った家臣の方は、阿久徳屋を見て、目を丸くしていた。

「お主、まだ屋敷にいたのか」

付喪神達は影内で、笑うことになった。


付喪神達と阿久徳屋は、舟に乗った。帰りは川を下ったので、深川へ着くのが大層早い。皆が出雲屋へ帰ると、十夜と春夜が、皆の帰りを待っていた。

付喪神達は店の板間へ、ぴょんぴょんと飛び乗った。

「十夜、たっくさん話があるぞ。旗本屋敷の屋根裏にいたんでな」

「屋根裏？　面白そうだな」

残っていた付喪神達から声が湧く。一方十夜達は、何でそんな所へ行ったんだと、心配げな顔を向けてきた。

すると清次が茶を出し、春夜と阿久徳屋が一服した後、まずは帰って休んだ方が良かろうと告げた。

「大身旗本と屋根裏とは。どうやったら二つが結びつくのか、分かりません。ですが、大変だったようですから」

とりあえずの話は、互いの付喪神達から聞くということに決まり、阿久徳屋の親子と阿真刀達は、早々に店を出ていく。出雲屋を大して離れない内から、春夜の小言が聞こえて来て、付喪神達が笑いを浮かべた。

「本当に、びっくりするほど、色々あったのだ。幽霊の話だろ。阿久徳屋が殿様と会ったことだろ。お姫様もいたんだぞ」

その、かわいいお姫様が泣いていたとか、次から次へと話が思い浮かぶ。

なのに野鉄は、自分が話していないことに、その内気が付いた。見れば他の付喪神達も、余程草臥れていたのか、十夜が出してくれた菓子にも手をつけず、うつらうつらしている。

「なんだよぉ、もっと話したいのに。我はどうして、黙ってしまうんだ？」

そう言う先から、言葉が途切れてゆく。その内、十夜が他の皆を桐箱へしまったので、益々《ますます》眠くなって、根付けの姿に戻ってしまった。

(話は……明日言えばよいかな)

だが、きっとその前に、皆で旗本屋敷を駆け巡り、活躍する夢を見られるに違いない。

今度は悲しい泣き声など聞こえず、屋敷内で大いに遊べると思えた。

野鉄はあのさや姫に、飛べて凄いと、大いに褒めてもらいたかった。そう思っていると、ふわふわとした眠りに引き込まれていく。野鉄はころりと丸くなって、笑みを浮かべた。

見つかった

序

おや、お前さん。わたし達に会いに来てくれたのかい？

そいつは嬉《うれ》しいことだ。わたしは名を五位と言うんだ。仲良くなろうな。

おっ？　わたしの名は、とうに知ってるというのかい。ああ、御身《おんみ》は前にも、我らと会ったことがあるんだね。

ということは、我らが古道具屋兼損料屋の出雲屋にいる、付喪神《つくもがみ》だということも、承知してるわけだ。そう、生まれて百年を経ると、器物は立派な妖《あやかし》に成れることがある。それが我々、付喪神なんだよ。

だけど間が悪かったな。あんた、とんでもない所へ来ちまったんだよ。

あん？　せっかく付喪神と馴染《なじ》みになりに来たのに、その言葉はないと言うのかい？　悪かった、そりゃそうなんだけどねえ。だけどお前さんだって、今、こんな所に居ちゃ危ないんだよ。

ようく周りを見てみなよ。時は夜だ。しかも、大分遅い刻限だ。もうすぐ、江戸の町を区切る木戸だって、閉まろうかって時分なんだぞ。

そういう、すっかり暮れた江戸の町中に、何が見える？　月が蒼《あお》い輪を背負っていて、綺麗《きれい》だって。そうだな。月下、大きなお店の影が黒々と続いているのは、何だか怖いか。確かに言えている。

おや、わたしが、一緒に居る十夜の袖《そで》口から、顔を出しているのが見えたのかい。十夜のことも、承知してるよな？　我らが暮らす出雲屋の跡取り息子だ。反対側の袖には今、猫神がいるんだよ。

だが見て欲しいのは、我らじゃない。人通りが無くなった夜の道に、何故だか立ってる者がいるだろう。我らを挟んで、道の前後にいるから、分かるよな。そして、だ。そいつらの手に、刀が握られてるのも見えるはずだ。

ああ、剣呑《けんのん》だねえ。

つまりわたし達は……出雲屋の付喪神と十夜は、今、合戦の最中なんだよ。あん？　こういうのは、合戦とは言わないって？　辻斬《つじぎ》りか賊に、襲われてるって言うのが、正しいわけか。なるほど。とにかく我らは、危うい戦いの真っ最中なのさ。

だからお前さんに、早く逃げろって言ってるんだ。刀を構えてる奴らは、十夜の前に二人、後ろに一人いる。このままじゃ、切られちまいそうなんだよ。

だけどさ、神仏は今日、十夜に少しだけ力を与えてた。十夜は丁度、貸し出していた品物、我ら付喪神を引き取って、出雲屋へ帰る所だったんだ。つまりこの五位と猫神が一緒にいて、十夜と、戦いの構えを取ってるってわけだ。

もっとも我ら二人きりの加勢で、刀を持った三人から十夜を助けるのは、ちょいと難儀ではある。どうせならあと何人か、付喪神の仲間がいれば心強かったんだが……まあ、贅沢《ぜいたく》は言えないな。

おっ、猫神が総身の毛を逆立てたぞ。十夜、敵が来るっ、右からだっ。あ、上手《うま》く避《よ》けられた。良かった。でも、次は危なかろう。

えっ？　御身は、張り切って戦ったりせず、この場から一旦《いったん》逃げろと言うのか。うん、真っ当な判断だ。だが相手は何としても、我らを逃がさない構えなんだよ。

それに、ここで人殺しっと叫んでも、賊が出たとわめいても、近所の者達はきっと、夜道に飛び出してきてはくれないだろう。誰だって、巻き添えになるのは怖いからね。

ああ、拙《まず》い。刀を持った奴ら、今度は前と後ろで息を合わせて、間合いを詰めてきてる。このままだと、本当にやられちまいそうだ。

猫神、聞こえるか。この五位と一緒に、後ろで刀を構えている奴の方へ、飛びつかないか。お前さんは顔に爪を立てて、わたしは飛んで、刀を持っている手を打っていうのはどうだ？　十夜、その間にお前さんは、横手の路地に逃げ込んでくれ。それが今、我らが出来る、精一杯のことだと思うんだ。

相手は刀を持ってるし、上手くいくかどうか心許《こころもと》ないが……他に手がないからな。わたしの話を聞いている御身、御身もそう思うよな？

えっ？　お前さん、何故、不思議そうな顔をして、首を傾《かし》げてるんだ？　なになに？　昔っからこういう時、人を集める為に言う言葉は、決まっている。なのに何故、それを使わないのかと、わたしに問うのか？

そうだったっけ。そんな手妻のような言葉、あったかな？

どんな言葉を言えばいいというのだ。思いつかないぞ。

我らが忘れてるだけだって？　まあ聞けと、言われちまったぞ。御身、耳に口を近づけて、何を聞かせようっていうんだ？

済まん。聞きたくないってことは、ないです。いや、聞きたいです。教えて下さい。頭を下げてお願いします。それで……。

おおっ。

そうだ、そうでした。その一言があった。その言葉さえ言えば、寝静まったかに見える周りの家々から、人が飛び出してきてくれる。どうしてその一言を、忘れてたんだろ。ああ、抜かってた。

ならばだ、これから十夜と声を揃《そろ》え、なるだけ大声で、その言葉を言わなきゃなるまいて。そして近所の大勢が夜道に現れ、騒ぎになったら、必死にここから逃げ出すんだ。人が集まれば集まる程、上手くいくってもんさ。

いいかい、十夜、猫神、いくぞ。ああ、御身も、我らの無事を祈っててくれ。

ひの、ふの、みいっ。

「火事だあああっ」

うわっ、響いた。町が静まりかえってた為かね、賊達まで狼狽《うろた》えて、辺りへ目を向けてるじゃないか。

やった！　あちこちの戸が、開く音がするぞ。目の前の二軒も、戸を開けた。ほれ、火事を確かめる為、何人も道へ出てきた。三人の悪党達が、戸惑ってるぞ。

今だ、逃げなきゃ。月明かりを避け、右手の細い道へ姿を消すんだ。

御身、ありがとうな。感謝だ。ろくに話せなかったが、御身も早々に、この道から離れてくれ。そう、今しかないんだ。

路地の深い闇が、我らを逃がしてくれる。

1

三日後、江戸は深川にある古道具屋兼損料屋、出雲屋の奥座敷に、馴染みの顔が並んだ。

先に知り合った悪の親玉、阿久徳屋と、その義理の息子春夜が、両国からまた十夜へ会いにきたのだ。二人は何故だか揃って、腕や頭に晒《さら》しを巻いていた。

「何と、どうされたんですか」

出雲屋でもつい先日、十夜が賊に襲われたばかりだったから、店主の清次は、呆然《ぼうぜん》とした顔で二人を迎えた。そしてお紅に店を任せると、直ぐに阿久徳屋達を奥の間へ通し、十夜を呼んだのだ。

すると当然のように、出雲屋の付喪神達も、店奥《たなおく》の間へ集った。

(大事が起きたようだな。ならば、この付喪神も、話を聞かねばなるまいて)

清次はいつも、人前に現れては駄目だと言うが、今日の付喪神達は引かなかった。

「客は阿久徳屋の二人だ。我らのことは承知なのだから、隠れても仕方がないではないか」

五位はそう言い、勝手に阿久徳屋へ挨拶《あいさつ》をしている。十夜は苦笑を浮かべ、付喪神達を側《そば》に座らせた。

「おとっつぁん、付喪神達は先日、わたしと一緒に、変な男達に襲われたんだもの。阿久徳屋さん方の怪我が、気になるんだよ」

すると清次の返答を待たず、阿久徳屋が話し始めたので、結局付喪神達は、奥の間に居続けることになった。

「何と、この阿久徳屋だけでなく、十夜さんも襲われたのか。誰にです？　ほお、辻斬りに出会ったんですか」

　怪我が無くて何よりとの言葉を受け、何故だか猫神が大きく頷《うなず》いた。そして自分と五位が十夜と同道していたから、三人の辻斬りから逃げられたのだと、威張り始める。

「は？　相手は三人もいたんですか」

「春夜、そうなんだ。妙なことだよな。辻斬りというのは、みゃあ、一人でこっそり、人を斬るものだと思っておった」

　三人一緒でなければ人を斬れない、気の小さな辻斬りがいたのだろうか。首を傾げ、重々しく話す小さな面々を、阿久徳屋は目を細めて見ている。

「そりゃ危ないことだった。十夜さん、怪我はしてないみたいだが、どうやって逃れたんですか」

　返事をしたのは、五位だ。

「〝火事だっ〟と叫んで、人を集めたんだ。騒ぎになった隙に、路地へ逃れた」

「あっは、そりゃ素晴らしいやり方だな」

　褒められた付喪神達は、揃って胸を反らした。しかし逃げたはいいが、少しばかり不安が残ったと、言葉を続ける。

「あの辻斬り達がどこの誰なのか、分からんままになった。また出くわさないといいがと、清次は心配しているんだよ」

夜だったし、相手は笠《かさ》を被《かぶ》っていた。それで顔すら、はっきりしないのだ。

ここで清次が不安げな目を、阿久徳屋達が巻いた晒しへ向ける。

「阿久徳屋さん方は、どんな災難に遭ったんです？」

「ああ、今日はそのことを話しにきたんだ。そのな、二日前のことだ」

上野の広小路《ひろこうじ》で、知り合いの地回りと会うことになったので、阿久徳屋は春夜を引き合わせておこうと、一緒に外出をした。用件が終わり、少し暗くなった帰り道、神田川から舟で帰ろうとして、思いも掛けないことになった。阿久徳屋達は、妙な男と出くわしたのだ。

「そいつは笠を被っていて、顔は見えなかった。だが、浪人かもしれんと思ったよ。刀を持っていたうえ、足さばきが違った」

一方阿久徳屋は町人だから、刀は持ち歩けない。ただ、より刀身の短い長どすは持っており、それで男と対峙《たいじ》したという。

「最初は、ただの物盗《と》りだろうと思ったんだ。ところがそいつ、阿久徳屋の親子かって、声を掛けてきたんだよ」

「名を確かめてきたんですか」

「顔までは知らないが、襲う相手は決めてある様子だった。その時春夜が、なんで、ってつぶやいちまってな。その瞬間、斬りかかられた」

避けたものの、春夜は神田川の高い土手を、半ばまで転がり落ち、怪我をしたという。一方阿久徳屋は、男と刃《やいば》を合わせたと言い、不敵に笑った。

「いやぁ、長どすと刀の勝負じゃ、長どすが不利なのは分かってたがね。最近のお侍は、大した腕前じゃない御仁が多い。今まで困ることは、無かったんだ」

ところが、阿久徳屋は珍しくも手こずったあげく、怪我を負ったのだ。もっとも春夜が土手下から石など投げつけ、加勢をしたからか、男はその内、引いて逃げたという。

川岸に怪我人二人が残り、その後、医者代が嵩《かさ》んだわけだ。

「腹が立ったねえ。そしてだ。こっちの名を知ってたことが、後で気になってきた」

阿久徳屋親子を、わざわざ襲った者がいたのだ。

「しかもさ。この阿久徳屋の悪事に、腹を立てての襲撃だとは、どうも思えないんだな」

悪の親玉が気に入らないのなら、親子が揃っている時を狙うのは妙だ。しかも男は先に、春夜へ斬りかかっている。

「たまたまのことか？　そうじゃないかもしれん」

だが春夜は生真面目で、義父のように、人から恨まれているとも思えない。唯一、並ではない点があるとしたら、それは春夜が養子だということだ。

「それで、だ。おれが拾った他の子が、無事でいるか気になった」

捨てられたにしては、良い着物にくるまれていた、夜の字をもらった赤子達。その内、八夜の名を持つ子が、阿久徳屋の住む両国に近い、本所《ほんじょ》へ引き取られているという。それで阿久徳屋は、まずその子を訪ねてみたのだ。

付喪神達が話し出した。

「八夜は無事だったのか？　みゃあ、知りたいぞ」

「お姫も聞きたい」

「ああ、ぴんぴんしてたよ。だがね」

襲って来た者は、いたという。

「ただそいつは、親とその周りの者が、返り討ちにしちまってたんだ。道場破りだと思ったみたいだ」

八夜の今の親は、結構名の知れた道場主なのだ。清次が、大きく目を見開いた。

「夜の字を持つ子の内、三人が襲われたってことですか。もしかしたら、他の子供も、剣呑な目に遭っているかもしれないですね」

「どうかな。残る一夜と三夜は今、江戸にいないんだ。多分、大丈夫だろうと思う」

阿久徳屋によると、二人は縁があって、赤子の頃、遠くへ貰《もら》われていったという。

ここで阿久徳屋が、目を半眼にした。

「今更、捨てられてたっていう昔話が、春夜へ追いついてくるとは、思いもしなかったよ。春夜を拾ってから、十四年も経ってるんだぜ。だから今日は、十夜が無事で、ぴんぴんしている姿を確かめに来たんだ」

もし十夜に何も起きていなければ、春夜と八夜が襲われたのは、たまたまが重なってのことだと思えるからだ。

「だが、十夜まで襲われたとなると……もう、事を放っておけねえな」

身勝手にも捨てられた赤子達に、理不尽な災いが、また迫って来ている。眉間《みけん》に皺《しわ》を寄せた阿久徳屋から、十夜へ目を移した猫神が、首を傾げた。

「みゃん、でもどうして、今なんだろう。十夜も春夜も、もうでっかくなってる。育ての親だっている。昔のことを今更掘り返して、誰に、何の得があるっていうんだ？」

猫神には分からない。ただ付喪神達にとっても、今度の話は間違いなく災いだと言い切った。

「十夜は我らの友達だ。みゃあ、十夜が次の店主になるから、出雲屋の付喪神達はずっと、のんびり過ごせるはずだったのに」

横でお姫とうさぎが、何度も頷《うなず》く。そして付喪神達は、仕方がないから自分らが、襲って来た者が誰か調べようと言いだした。

「付喪神がいかに立派か、力の見せ所だ。影内から動けば、色々見えてくるかもしれん」

「そうだな。でも月夜見、我らは、どこで誰を調べるんだ？　それが分からぬと、影に入っても、何をしていいか分からぬぞ」

「それは……知らん」

それじゃ動けんと付喪神達が騒ぎ出し、何とかしろと、阿久徳屋と清次の方を向いた。二人は困って顔を見合わせ、どういう手が打てるか、話し合うことになった。

「だがなぁ、十夜を襲った相手は、笠を被ってたそうだ。顔も分からない」

清次が戸惑うような声で言うと、春夜が言葉を挟んでくる。

「あの、十夜さんが出くわした賊ですが、侍でしたか？」

五位と猫神が、分からぬと声を小さくする。すると春夜は、賊がどういう着物を着ていたかと、問いを変えた。付喪神達は揃って、三人とも袴《はかま》を着けていたと口にする。

阿久徳屋がうなった。

「袴を着けて、刀を持っていたか。多分、おれ達を襲った相手と同じく、侍だな」

「阿久徳屋さん、今更お侍が、捨てられた子達を狙う訳とは、何だと思いますか？」

急に事が動く、前触れのようなことは、なかったか。清次が問うと、阿久徳屋は眉《まゆ》尻《じり》を下げる。

「おれが絡んでると、そりゃあ沢山、揉《も》め事の訳を考えついちまうんだ。だから却《かえ》って分からなくなる」

大人二人が腕を組んだ、その時だ。大層遠慮がちな声が、襖《ふすま》の外から聞こえてきた。茶と菓子を持ってきた、おかみのお紅であった。

「お前さん、うちには変わったこと、あったわよ。ほら、珍しくもお旗本のお客様が、おいでになったじゃない。しかも二人も」

「おや損料屋へ、お旗本が来られたんですか？　そりゃ珍しいですよね」

春夜の言葉を聞き、清次が笑みを浮かべた。

「お旗本と言っても、お客様じゃありません。ほら、〝大江戸屏風《びょうぶ》〟の件で、関わった方々ですよ。阿久徳屋さんもご存じの、蜂屋様と篠崎様がおいでになったんです」

「何と、あの方々のご用は、とうに終わってますよね。今更何で来られたんです？」

二人とも旗本なのだから、みずから損料屋へ来て、物を借りたりはしないだろう。

清次は苦笑を浮かべ、旗本二人は、十夜を気に掛けてくれていたのだと口にした。

「お旗本のお二方は、〝大江戸屏風〟の件が起きた時、うちの十夜が拾われた子だと、供の中間《ちゅうげん》から耳にされたそうで」

近所の者達も知っていることだから、家臣達は話を拾ったのだろう。そして旗本達は最近、以前余所《よそ》へ出した子を捜している者がいると、耳にしたらしい。

「お二人は、出雲屋には世話になったと言って下さった。子捜しの話が気になるなら、代わりに詳しい話を聞いてもいいとの、お言葉があったんだ」

何しろ、子を捜しているお方は武家で、それなりの家柄だという。だから清次がいきなり屋敷を訪ねて、事情を問うことは無理だというのだ。

ただ。ここで十夜が言葉を挟んだ。

「わたしは、生みの親を捜してはおりません。そう、はっきり返事をさせて頂きました」

旗本達は、一寸何か言いたげであったが、言葉を飲み込み頷いた。清次も蜂屋達の申し出の件は、あれで終わったと思っている。

「だからあの申し出と、十夜が襲われた件が、絡んでいるとは思えないのですが」

清次の言葉に、阿久徳屋も頷いた。

「まあ、なあ。旗本でも馬鹿をして事が露見したら、目付から呼び出されちまうからな。ああ清次さん、お旗本を取り締まるのは、目付って役職のお方なんだよ」

「詳しいですね」

「両国には、お武家も遊びに来るんでね」

春夜が笑った。

「義父《ちち》は盛り場で、身分のありそうなお武家が荒れると、時々お目付の名を出して、啖呵《たんか》を切ってるんです。お武家にとって目付とは、怖い名前みたいですよ」

「へえ」

「みゃん、変なの」

付喪神達が一斉に首を傾げ、春夜が笑い出す。

その後、四人で話し合っても、誰が夜の字が付く子を狙ったのか、さっぱり分からなかった。阿久徳屋が珍しくも渋い顔になって、十夜と春夜を見てきた。

「仕方がない、二人とも、しばらくは用心して暮らせ。いざって時、助けを呼べるよう、付喪神を一人くらい袖内に入れておけよ」

「じゃあ、わたしが入っていてやるか」

五位が直ぐに返事をしたので、抜け駆けするなと、出雲屋の仲間と取っ組み合いになってしまった。だが、阿久徳屋の付喪神達は出てこず、十夜は戸惑うような目を春夜へ向ける。

「おや、今日はそちらの付喪神達、ついてきてないんですか？」

「ええ。以前、屏風から持ち帰った大刀、加羅刀達が、最近口をきき始めたんです。皆、仲間内で話すのに、夢中なんですよ」

それでか、外出にはさっぱりついてこないと、春夜が笑う。

「おや加羅刀達、早くも付喪神として目覚めたんですね。相棒の阿真刀は、喜んでるでしょう」

「おお、月夜見も祝いを言いたいな。春夜、出雲屋の面々が喜んでいたと伝えてくれ」

影の内から他にも、沢山の祝いの声が、部屋内に湧いた。気が付けば多くの付喪神達が、隠れて六畳間へ来ていたのだ。

「清次、任せろ。十夜はこれからも、守ってやるから」

「けれど、十夜も春夜も、用心しなよ。お前さん達二人は、強くはないんだから」

付喪神達からの話は、遠慮がない。それでもその日はまだ、皆に余裕があったのだ。

ところが翌日から、十夜達のことは、考えもしなかった方へと、転がってゆくことになった。

2

五日ほど後のこと。十夜は清次と共に、出雲屋の奥の六畳間にいた。そして客である武家の話を、うんざりしつつ聞いていたのだ。

(似たようなお客人、これで七人目だ)

今日会っているのは、鈴木《すずき》平四郎《へいしろう》というお武家だった。妙なことにここ何日か、初めて会う客の来訪が続いている。

(おまけに揃いも揃って、己の主《あるじ》こそ、わたしの実の親だと言ってくるんだから)

十夜は最初酷《ひど》く驚いた。そして今は、溜息《ためいき》しか出てこない。自分は確かに捨てられた赤子だったようだが、七人も父親がいるわけがないからだ。

(また襲われることを、心配してたんだけど。まさか刀を構えた侍の代わりに、実の親が沢山湧き出てくるとは思わなかった)

驚いて、春夜はどうなっているか、急ぎ文《ふみ》を送ると、両国の阿久徳屋へも八人ばかり、親だと名乗る者が来たらしい。

(八人！　子を捜している親、多すぎじゃないかな)

十夜達は火事などの時、迷子になったわけではない。誰かが捨てなければ、赤子が拾われることはないのだ。

(なのに親を名乗る者が、こんなに出てくるなんてさ。さて何が目当てなのかしら)

落ち着かないし、清次とお紅が気を立て、眉間にくっきり皺を刻んでいるのが分かる。その上困ったことに、お客に興味津々となった付喪神達が、店から貸し出されるのを嫌がるようになってしまった。

(出雲屋にいて、全てを知らねばならないと言い出しちゃって。働いてくれやしない)

昨日など、清次が猫神を桐箱へ入れようとして噛《か》みつかれ、喧嘩《けんか》になっていた。

「やれやれ」

正直に言えば、七人目となる、実の父親と称する者の使いになど、会うのも鬱陶《うっとう》しかった。だが鈴木は、十夜の戸惑いなど知らぬげに、強く語りかけてくる。横にいる清次へは、目も向けなかった。

「それがしは、某家に仕える陪臣でな。主は気軽に外出など出来ぬゆえ、代理で来たのだ」

それで用件だが。鈴木はここで、もったいぶって、言葉を一旦切った。こういう態度に飽きている付喪神が、袖内で溜息を漏らしている。鈴木はちょいと背を伸ばしてから、十夜へ、前にも聞いたような言葉を告げてきた。

「我が主は、行方の知れぬお子を捜しておられる。そんな時、立派な産着にくるまれて捨てられた、赤子の噂《うわさ》を聞いてな。殿は、我が子かもしれぬと言われた」

行方知れずの子は、今、十五になる男の子なのだそうだ。十夜はちらりと鈴木を見る。

(うーん、お殿様の赤子は十五年前、どうして捨てられてたんだろ。身分あるお方のお子が、行方知れずなんて妙じゃないか)

そう思ったものの、今更十五年前のことで、武家と言い合いをする気はない。

(それよりも、何の証《あかし》も持ってない出雲屋の息子を、どうして殿様の子だと思ったんだろう)

十夜は七回目の今日こそ、相手から、その事情を聞き出したかった。

もっともこの疑問については、親だと名乗った六人目が帰った後、付喪神達が既に、山と答えを考え出している。

「この五位が、答えを教えてやろう。十夜、きっと使いの者のご主人とその跡取りが、一緒に麻疹《はしか》で死んだのだ。それで急ぎ、誰でもいい、代えの跡取りが必要になったのだな」

しかし十夜は、両の眉を八の字にした。親だと名乗ってきた六人、全員の跡取りが、一度に亡くなったわけはなかろう。五位は黙りこんでしまった。

続いて野鉄にお姫、月夜見が思いつきを並べた。

「十夜は出雲屋の跡取りだから、声を掛けてきたんじゃないか？　出雲屋は大きくなった。貧乏武家は、金でも借りたいんだろ」

春夜の親、阿久徳屋は更に、金を持っていそうだと言い、野鉄は一人頷いている。

ただ、お姫の考えは違った。

「あたしは凄《すご》いお話を、思いついたわ。きっと、お殿様の意地悪な正妻さんが、亡くなったのよ。それでお殿様はやっと、十夜を引き取ろうとしてるんだわ」

だが横で月夜見は、困ったように腕を組んだ。六人の正妻全員が意地悪で、同じ時に死なねばならないところが、無理だと言う。

「この月夜見は、身も蓋《ふた》もない話だと思う。身に覚えのある殿様が拾いっ子の噂を聞き、家臣に見に行かせただけではないかな」

(やれ、これまでに聞いた話、納得できなかったけど。鈴木様の話も、他の話と同じように、変だ)

　十夜の思いなど知らぬまま、鈴木はどんどん話を進めてゆく。

「それでな、十夜殿。わしは御身に会って、確信した」

「おや、何をですか」

「歳が合う。そして顔も似ている。御身、殿にそっくりだ。殿のお子に違いない！」

　ここで鈴木が口にした主家の禄《ろく》は、そこそこのものだった。芝居であれば、己の運命に打ち震える場面であり、大いに驚かねばならない所だろう。

　しかし十夜は、いい加減うんざりしていたので、感動する代わりに、溜息を漏らしてしまった。十夜は今、鈴木から聞いた全てが、嘘くさく思えているのだ。

　だが鈴木は、勝手に気持ちを盛り上げ、早くも目頭を押さえると、一度、殿と会ってみるべきだと、重々しく口にした。それで清次が慌てて、今までに六度客人へ向けた、同じ問いを口にした。

「鈴木様。実は十夜が養い子だと、噂が広まっているようで。鈴木様と同じように、我が子かもしれないというお話を、余所からも頂いております」

「何？　それは、けしからぬ話だ。十夜殿は、当家ゆかりのお人に違いないのだ」

ここで鈴木は清次へ、赤子が持っていただろう証の品について、問い始めた。

「十夜殿は拾われた時、刀でも持っておらなんだか？　刀を子へつかわすのは、良くある話なのだが……なかったか。では、家紋はどうだ？　主の家紋は梅鉢だが、産着に付いていていなかったか？　こちらも駄目か」

ならばこれはどうかと、鈴木は、十夜の母御だという娘の話をした。

「当家で武家奉公をしていた娘だが、深川の出でな。里はこの近くにあった。もし子を産んでいたら、困って捨てたかもしれん。なら、出雲屋の近くへ捨てたに違いないのだ」

「おや、娘御が子を産んだかどうかも、分かっていないんですか」

この話は、間違いなく用心するべきものだと、十夜はそっと首を振った。

（それにさ、捨てられた時、夜の字を貰った赤子達は、まず阿久徳屋さんに拾われてるんだ）

そして春夜以外の子は、その後、養い親を見つける為、わざわざ別の場所へ移されている。つまり最初、十夜が捨てられていたのは、結構遠い両国なのだ。

鈴木の主と十夜は、親子では無いと判断したのだろう。清次はきっぱり言い切った。

「鈴木様、十夜とそちらの御主君様とは、縁が無いように思われます」

すると鈴木が焦った声を出し、立ち上がる。

「しかし、十夜殿は主と似ている。間違いない。こちらの十夜殿は、わしの主のお子に違いないのだ。いや、そうでなければならん」

思いも掛けない言葉を聞き、清次と十夜は顔を見合わせる。

「そうでなければ、ならないとは？」

清次が問うと、鈴木は説得しようと思ったのか、十夜の方へ一歩踏み出した。

するとその時、七人目の使者が語る、似たような話に飽きたに違いない。付喪神がいたずら心を出し、鈴木の足下へ紙を一枚、すいと放ったのだ。鈴木は紙を踏むと、見事にひっくり返った。

付喪神達が影内からわっと、囃《はや》すように声を上げ、それが聞こえてしまったらしい。鈴木が辺りを見回し、十夜と清次は顔を強《こわ》ばらせた。すると鈴木は十夜達へ、思いがけない言葉を向けてきたのだ。

「今の声は何だ？　やはりこの出雲屋には、不可思議な者がいるのだな？」

必死に辺りを見る、鈴木の目が煌《きら》めいている。

「やはり、主が聞いた通りであった。この店には、何か常ならぬ者がいるのだ」

「おや、鈴木様は一体、どのような話を聞かれたのですか」

顔を強ばらせた清次と十夜の前で、鈴木は、気味が悪いくらい上機嫌で語った。

「福の神のような怪異が、この店にいる。そして何と、大判をもたらしたというではないか。大判だぞ。素晴らしい！」

「お、大判？」

つまり出雲屋には大判が湧き出る、打ち出の小槌《こづち》があるらしいなと、鈴木は念押しするように言ってきた。ならば鈴木の主は是非、出雲屋が育ててくれている子と、縁を繋《つな》ぎたいということらしい。

（は？　つまりわたしが真《まこと》に、殿様の子かどうかということは、どうでもよい話なのだろうか？）

いや鈴木の主は、目の前に実の子が現れても、大判がくっついている子の方を、選びそうな御仁に思えてくる。

（屏風の中から、付喪神達が持ち帰ってきた、あの金色の団扇《うちわ》！　あれが騒動の大本だったのか）

呆然とする話ではあった。だが十夜は、やっと得心がいったのだ。鈴木は酔っ払ったかのように、満面の笑みを崩さないでいる。

「大判が山と手に入れば、当家の借財も無くなるに違いない。いや、ありがたいことだ。我が禄も、増えるだろう」

（鈴木様ときたら、どれだけ大判を手に入れる気なんだろう）

最初は呆然としていた十夜と清次だったが、二人とも、眉間にくっきり皺を刻んでいく。じきに十夜は立ち上がると、一旦部屋から出て行った。

「はて？」

戸惑う鈴木の声が聞こえたが、大して間を置かず、直ぐに元の部屋へと帰った。そして、まだ目を煌めかせている鈴木へ、持ってきた品を突き出して見せる。

「鈴木様、この品です。これが、妙な噂のもとでございます」

十夜はそう言うと、手の中の物を、鈴木の目の前に掲げた。その上で、この世に大判が転がっている店などあるはずがないと、十夜は言い切った。

「この品でよろしければ、差し上げます。お代は要りません。ですがこれ、欲しいと思われますか？」

「これは……どう見ても大判とは違うぞ」

鈴木は目を、飛び出さんばかりに見開いている。汗がひとしずく、顔を伝うのが見えた。

3

何故、十夜と春夜に、多くの、自称親が現れたのか。

その奇妙な話に決着が付いた翌日、十夜は、事情を知らせに両国へ舟で向かった。袖内に付喪神達が、沢山入ってきた。

「阿久徳屋さん達にばかり、深川へ足を運ばせては、悪いものね」

そう話しかけると、野鉄と五位とうさぎが頷いている。皆は久方ぶりの遠出だと、袖の内で嬉しげにはしゃいでいた。

「十夜、とにかく一つ終わったな」

隅田川をゆっくり遡《さかのぼ》っていく舟で、野鉄の声がひびく。やがて両国の賑《にぎ》わいが近づいてくると、祭りの日でもないのに、多くの人が通りを行き交い、店も客で一杯なのが分かった。

「この盛り場は、いつも賑やかだな」

船着き場から東の岸へ上がり、人に道を聞きながら、阿久徳屋へどうにか行き着いた。初めて見た悪の親玉の店は〝口入れ屋久徳屋〟として、真っ当に商っていた。阿久徳屋は己の口入れ屋から、顔役として持っている盛り場の小屋へ人をやり、しっかり稼いでいると、以前春夜が言っていた。

「おう、十夜さんじゃねえか。良く来てくれたな。上がってくれ、上がってくれ」

派手な縞《しま》の着物を着て、丁度帳場にいた阿久徳屋は、十夜を見つけると愛想良く笑い、店奥の一間へ通してくれた。

(阿久徳屋さん、馴染むと、ぐっと胡散《うさん》臭さが減ったな)

そこで茶と、木鉢一杯の饅頭《まんじゅう》を出され、目を見開いていると、やがて春夜も姿を見せてくる。十夜は二人へきちんと挨拶をした後、まずは出雲屋へ現れた、実の親と称する者からの使いについて語った。

「その中の七人目、鈴木様とお会いした時、親が湧き出た事情が分かりました」

今日はその話をする為に、両国へ来たのだ。

「ほお、是非聞きたいね」

「事には、大判が絡んでいたんです」

「大判？　先だって付喪神達が、屏風の中から一枚だけ持ち出してきた、あれですか？　町人が使うものではないので、始末にも困る金だったはずですが」

春夜は戸惑っている。阿久徳屋は、顔を歪《ゆが》めて笑った。

「わはは、面白《おもしれ》え。たった一枚の大判が、捨て子の親騒動に化けてたのか。大判は高いもんだが、それでも一枚、十両もしないだろうに」

「鈴木様はわたし達が、大判が出る、打ち出の小槌を持ってると思っていたようです」

主家の借金くらい直ぐ返せるはずと、十夜は期待を寄せられてしまったのだ。

「それで、捨て子だと言われているお前さん達に、親だと名乗ったわけか。阿呆《あほう》だね」

阿久徳屋は、妙に楽しげだ。

「だがねえ、うちの息子がそんな小槌を持ってたら、この阿久徳屋が真っ先に取り上げているな。それを考えなかったのかねえ」

　眉を八の字にした春夜へ、大丈夫、もうこれ以上の親は現れないはずと、十夜は告げた。十夜は阿久徳屋親子の前に、鈴木に見せたものを出した。

「それ、団扇か？　黄色いな」

「実は、付喪神のお姫が、大判のことを団扇だと言ってました。扇《あお》ぐには、重かったみたいですけど」

　それで万が一、大判のことが余所へ漏れた時を考えて、十夜は大判に似た形の、黄色い団扇を作っておいたのだ。そして鈴木へ、金の噂を流した者が、どうして団扇と大判を取り違えたのか、こしらえておいた話を伝えた。

「まず屏風の側にいた猫を、店へ来られたお武家様が、怪異と間違えたことにしました」

　実際御家人の八田は、屏風から出てきた猫達を妖と思い、あの時倒れている。

「その方は、暫《しばら》くぼうっとされていた。よって、黄色い団扇と大判を、見間違えたことにしました」

　つまり、そもそもこの世に、大判など無かったと言ったのだ。

「ほおほお、話をそう運んだのかい」

阿久徳屋が、片眉を引き上げる。

「面白いやり方だね。でも鈴木様は、大判を酷く欲しがってたんだろ。そう言われても、納得しないだろうに」

多分、出雲屋が大判を隠しており、独り占めする気だと思ったに違いない。

「さすがは阿久徳屋さん。当たりです」

鈴木はあの時、黄色い団扇を見ても引かなかった。十夜の言葉を信じなかった。いや、信じたくなかったのだ。

そこで、育ての親の清次が話を引き取った。

「鈴木様、大判一枚がいかほどするものか、ご承知でしょうか」

「お？　いや、まだ見たことはないでな。高いものだと聞き及んでおる」

清次は頷くと、すっと首を傾け、出雲屋の部屋内へ目を向けた。

「ではお聞きします。この出雲屋を、よくご覧下さい。大判を、ざくざく持っている者の店に、見えますでしょうか」

「えっ？」

問われて、鈴木は初めてそのことに、考えが行ったようであった。小さな床の間へ目を向け、古い掛け軸を眺め、簡素な畳の縁《へり》を見た。柱は太くないし、天井の材は至って平凡だ。多分、出雲屋の外観も思い浮かべたに違いない。

「……出雲屋は、この深川にしかないのか？　蔵はどうだ？　借家や土地は？　余所に持っていないのか？」

「出雲屋は、この店のみでございます。他に財はございません」

嘘だと思うのなら、町名主に聞いて見ればよいと、清次は言い切った。土地の売買には、町名主が関わる。事情通だ。

「大判を山と持っていましたら、もっと裕福に暮らしております。当家にはそんなもの、ございません」

それに、だ。ここで清次は、きっぱりと言い切った。

「そもそも深川に住んでおられたという娘さんですが、その方は、十夜の母ではありませんし」

十夜が捨てられていたのは、深川ではない。

「つまり鈴木様のご主君と十夜は、縁がございません」

だから大判は、団扇だったという話を、いい加減納得して欲しい。清次はそう繰り返したのだ。

「打ち出の小槌など、この世にはないのですよ」

「だが……でもな」

鈴木はその後も、暫く納得できずにいるようであった。

だが。出雲屋で出された質素な茶碗《ちゃわん》を手にすると、溜息が出るようになった。店表に来た客へ、お紅が安い値で、着物を貸し出している声が聞こえ、顔をしかめている。その内、口を引き結んできた。嫌だったろうが、納得がいったらしい。

「鈴木様は、余程がっかりした顔になって、出雲屋からお帰りになりました」

「おや、大判の一件は終わったんだな」

阿久徳屋がからからと、また明るい声を立てる。すると、十夜の袖内にいた野鉄、五位、うさぎが、一緒に笑い出した。

「あの鈴木様と、その御主君が、大判は無いって話を、余所でしてくれるといいな。五位、そう思わないか」

「そうだな。春夜の所へ、親だって言いに来る奴も、いなくなるだろう」

勝手に決めつけている野鉄の言葉を聞き、十夜は頭を掻《か》くと、阿久徳屋を見た。

「春夜さんの親だと言ってきた方は、皆さん、お武家ばかりだったんですか？」

「いや、二人、商人がいたかな。本気で、行方知れずの子を捜してる御仁も一人いて、気の毒だった」

とにかく、これで実の親と称する者が、新たに現れることは止むだろう。十夜がほっとしたと言うと、阿久徳屋が頷く。

「いや、その騒ぎだけじゃねえ。十夜さんやおれ達が襲われた件。あれも終わりそうだな」

多くの武家が、大判の噂を承知していたのだ。賊もその噂を耳にし、何とか大判を得ようと、動いたのではないか。阿久徳屋はそう考えたのだ。

「あの賊、大判を持ってるはずの、おれ達親子を襲い、一度、怖い目に遭わせておくことに、したんじゃ」

それから、またそういう目に遭いたくなければ、大判を寄越《よこ》せと脅すわけだ。阿久徳屋の言葉に、春夜も頷いている。

すると付喪神達が、何故だか己達が功を立てたかのように、威張り始めた。

「やれ良かった。我ら付喪神も、これで十夜の袖内にいても、安心できる」

阿久徳屋が笑って、五位へ饅頭を渡している。ここで春夜が問うてきた。

「大判ですが、そちらの付喪神達が持ち出したものが一枚だけ、出雲屋にあるんですよね。今、どうしてるんですか？」

「影の内で、我ら付喪神が玩具《おもちゃ》にしておる」

答えたのは、饅頭を抱えた野鉄だ。

「なあ、春夜。そっちの付喪神達、今日もいないのか」

野鉄はうさぎと共に、きょろきょろと部屋を見回している。春夜が首を横に振った。

「阿真刀の相棒加羅刀が、付喪神として目を覚ましたことは、伝えましたよね。それ以来、付喪神達は、自分達だけで過ごすことが、増えてるんです」

久方ぶりに仲間が戻ったので、今も喜んで、遊んでいるのだろう。好きにさせているというので、十夜は頷いた。

阿久徳屋は上機嫌で、せっかく両国へ来たんだから、盛り場で遊んで行けと、春夜へ、二人分の小遣いを渡してきた。

「大道芸も出てるし、小屋で色々な出し物をやってて、面白いぞ。茶屋の娘達は綺麗だし」

野鉄達が大層喜び、大道芸を見たいと言ったので、十夜はその言葉に、甘えさせてもらうことにした。川沿いにある小屋へ行くという阿久徳屋や、春夜と一緒に口入れ屋を出ると、賑やかな両国の盛り場が、目の前に広がる。

「こんなに多くの人達が、昼間から遊んでて、いいんでしょうかね」

思わず十夜がつぶやくと、阿久徳屋に、また笑われた。

「皆が真面目だと、盛り場の芸人達は、お客を集められずに困っちまうよ。ここにも真面目に稼いでいる者達が、いるんだぜ」

野鉄が口入れ屋の近くで、目にした団子をさっそく欲しがったところで、手下を連れた阿久徳屋と別れることになった。団子の焼ける匂いが香ばしい。袖内から顔を出したうさぎが、ひょいと口を開いた。

「ねえねえ春夜、出雲屋の付喪神達は、古道具屋と損料屋の店に、たまたま集まった道具達なの。で、阿真刀達は、どうして阿久徳屋さんへ来たの？　春夜が買ったの？」

　買った団子を串《くし》から一つずつ抜き、付喪神達へ渡しながら、春夜が首を横に振った。

「阿真刀達は、実は義父、阿久徳屋のものだったんです。でも、あの調子の人でしょう」

　小さい頃阿久徳屋は、付喪神達を随分乱暴に扱っていたらしい。春夜が拾われ、物心ついた頃には、阿真刀達から用心されていたという。

「で、わたしが大きくなると、付喪神達を預けられました。それでも加羅刀達が無事でいた頃は、阿真刀達、元締めのことを、嫌ってはいなかったんですが」

「阿久徳屋さんの手下が、加羅刀達を壊したんだっけ？」

「十夜さん、少し違います。付喪神達を会わせたい人がいるからと、ある日元締めが、両国の盛り場にある店へ呼んだんです」

　二つ目の団子をうさぎに渡しつつ、春夜は語る。

「相手は僧で、付喪神達のことを教えても大丈夫なお人だと、元締めは言いました。それでもわたしは、人に付喪神達を見せるのが、心配だったんです」

　するとその心配は、奇妙にずれた形で付喪神達を襲った。店へ付喪神達を連れて行ったところ、僧と会わせる前に、とんでもないことになったのだ。

「店で僧を待っていた元締めに、酔った男達が絡んだんです。直ぐにうちの手下達がやり返し、喧嘩になりました」

止める間もなかった。人が殴り倒され、障子戸が倒れ落ち、付喪神達が下敷きになって潰《つぶ》れた。その上、殴り合いをしていた誰かが、部屋にあった加羅刀を得物として摑《つか》んだのだ。

「喧嘩に使われた加羅刀は、大きく損なわれ、付喪神ではなくなってました」

素々女も潰れて壊れ、口をきかなくなっていた。その上、壊れた加羅刀達は、いつの間にか捨てられてしまったのだ。

阿久徳屋のせいだと、阿真刀達は、泣きながら責めてきたという。

「それから付喪神達は、己から元締めの側へ、寄らなくなってしまいました」

そんな間柄だから、阿久徳屋はどうも付喪神達に弱いと春夜は言う。いつぞや、阿久徳屋が付喪神を集めようとした時、人の世を厭《いと》うた阿真刀達が、付喪神達の為、世を直すなどと言い出し、騒ぎを起こしてしまった。だがあの時も、大して怒りもしなかったのだ。

「あんなことを手下がやらかしたら、後が大変ですよ」

だから今回阿真刀達が、加羅刀らを取り戻せたことが心底嬉しいと、春夜は続ける。

「これで元締めと付喪神達が、上手くいくようになってくれればいいんですが」

阿真刀達は元々義父のものだからと、春夜は言う。十夜は頷くと、先ほど阿久徳屋が歩いて行った道へ目を向けた。

もう大分離れていたが、人混みの中からたまに、阿久徳屋の派手な縞柄の着物が見える。阿久徳屋は丁度、三階建てに見える、背の高い小屋の横へさしかかったところであった。

この時十夜は、たまたま目を小屋の上の方へ向けた。以前出雲屋の付喪神達は、この両国の盛り場で、大きな小屋の上から落ちている。それを思い出したのだ。すると。

五位へ団子を渡そうとしていた十夜の手が、不意に止まった。

目が、大きく見開かれた。

(あれ……何かが小屋の、天辺《てっぺん》近くに見える)

不思議な気がして、目が離せなくなった。あんな高い所に、何があるというのだろうか。しかもそれは、小屋からはみ出しているように見える。今にも地面へ向け、落ちていくように思えた。

「あ、落ちた」

思わずそうつぶやいた時、それは音も無く、通りを行く人へと向かっていった。

「ひっ、ひあっ」

突然春夜が横で、首を絞められたような声を出した。

道のかなり先で、何かの塊にしか見えないものが、阿久徳屋へ当たった。悪の親玉の背が、そのままゆっくりと傾き、地面に倒れてゆく。周りにいた者達が悲鳴を上げ、多くの者達が一斉に、動かなくなった阿久徳屋を見つめることになった。

4

十夜の袖の内から、五位と野鉄、二人の付喪神が、盛り場の空に飛び立った。

春夜がかすれた叫びを上げつつ、阿久徳屋の方へ駆けてゆく。十夜も後を追った。

鉢植えが壊れて、道に転がっていた。一緒にいた手下達が、横たわる阿久徳屋を揺すり、名を呼んでいる。とり囲むようにして人の輪が出来ていたが、皆、どうしたらいいのか分からない様子に見えた。

十夜は周りの者達へ向け、大きな声を上げる。

「お医者様は、おいでになりませんか」

これだけ大勢の人が、両国の盛り場にはいるのだ。一人くらい、医者がいてもよいではないか。

すると、だ。その声が引き寄せたかのように、総髪の男が近寄ってきた。

「わしは本道の医者だ。水月《みなづき》という。どうなされた」

「小屋の上から物が落ちて、下にいた人の頭に当たったんです。倒れて、起き上がらないんです」

水月は頷き、まずは動かさないように言ってから、阿久徳屋の側にしゃがんで、頭を見始めた。目や肩にも手をやった後、立ちつくしている手下達に、急いで戸板を持ってくるように言う。

「どこか、ゆっくり寝かせることが出来る所へ、運んで下さい」

「先生、この阿久徳屋さんの店が近いので、そこへ」

「は？　阿久徳屋？　本当にそういう名前なのですか？」

医者が魂消《たまげ》ている間に、戸板が運ばれてきて、阿久徳屋を乗せると、大急ぎで店へゆく。春夜は付き添っていたが、何を話したらいいのか分からない様子で、ただ狼狽《うろた》えていた。

日暮れ時、十夜がようよう出雲屋へ戻ると、いつまで両国で遊んでいたのかと、清次が帳場から渋い顔を向けてきた。

すると十夜よりも先に、付喪神達が清次の膝《ひざ》へ飛び乗り、今日はとんでもなく恐ろしい日であったことを、口々に告げたのだ。

「は？　阿久徳屋さんが、また怪我をなさったのか。見世物小屋の上から、植木の鉢が落ちてきたって？」

この話を耳にし、夕餉《ゆうげ》の支度をしていたらしいお紅も、奥から驚いた顔を見せてくる。残っていた付喪神達までが、次々と店表に現れたので、清次は少し早くに店を閉め、両国で何があったのか、十夜達から話を聞くことになった。

夕餉には煮豆が付いており、お紅が付喪神達の分も、皿によそって出してくれたが、珍しくもそれに飛びつく仲間はいない。十夜は両国で、阿久徳屋親子へ鈴木のことを話した所から、事情を語り始めた。

「鈴木様との話が、終わったことを伝えました。阿久徳屋さんも、これで騒ぎも終わるだろうって、明るく言ってました」

皆でほっとし、十夜は少し遊んでから帰ることにして、まず団子を買った。その時、先を行っていた阿久徳屋の上へ、鉢植えが降ったのだ。

「ただ、頭は軽く打っただけだった。お医者様は、肩の骨が折れかけてるって言ってたけど、命が危ないという怪我じゃないって」

阿久徳屋は、己の店でじきに目を覚まし、医者から、もう心配はいらないと言われたのだ。ただ、当分片腕を吊《つ》ることになった。

「春夜はやっと、息が出来るって顔、してた」

「とにかく、取り返しの付かないことにならず、良かった」

　清次がほっとした顔で言うと、五位と野鉄が、次は自分が話すと言い出し、喧嘩になった。猫神が溜息をついて猫の姿となり、その大きな体で、二人を強引に引きはがす。

「十夜、どっちが先に話したらいいんだ？　みゃん、決めてくれ」

「二人はいつものように、こよりを引いて。先が赤い方が、まず喋《しゃべ》っておくれ」

　真剣なくじ引きの末、最初に野鉄が口を開くことになった。

「清次、我らは両国の道で、小屋の三階から、何かが落ちて、阿久徳屋へ当たるのを見た。それでな、その時すぐに小屋へ飛んだのだ」

　ここで五位も話し始める。

「あの小屋から、男達が駆け出て行った。あいつらが小屋の三階から、鉢植えを落としちまったに違いない」

　そこへ野鉄が、声を被せる。

「二人だった。清次と似た年頃で、腰に刃物を差してたぞ」

　長どすを持った町人か、浪人かは分からない。男達は人混みに紛れて消え、後を追うことも出来なかったのだ。

「でも五位、気になったことがあったよな」

「うん、あった」

「何が気になったんだ？」

清次が問うと、付喪神二人が揃って、鉢植えと答えたのだ。

「鉢植えは、たまたま落ちたのかな。誰かがわざと落としたのかな」

すると月夜見が、直ぐに返事をした。

「そりゃ、わざとだろう。わざわざ鉢植えなど持って、盛り場へゆく者などおらん」

重いし、遊ぶのにも邪魔になるからだ。野鉄が腕を組むと、五位が問うた。

「あの鉢植え、元々、小屋に置かれていたものだったのかな？」

「みゃん、違うだろうな」

今度は猫神が否と言った。

盛り場にある小屋は、簡素な造りのものばかりだ。背が高い小屋は幾つもあるが、壁は薄っぺらな薦《こも》などで出来ている。先だって付喪神達が小屋に捕らわれ、騒いだ時など、壁代わりの薦が破れてしまった程なのだ。

「つまり、そんな頼りない小屋の三階に、小屋の者が、人の頭を割りかねない、重い鉢植えを置くとは思えん。落ちたら、大事《おおごと》になるじゃないか」

今日は阿久徳屋が助かったから、小屋主が阿久徳屋へ謝りに行き、事は収まった。だが顔役が死んだら、両国の盛り場は大騒ぎになっていたはずだ。清次が茶碗片手に頷く。

「阿久徳屋さんの跡取り、春夜さんはまだ、十四だ。顔役をやるには早すぎるしな」

阿久徳屋に怪我を負わせ、大判を脅し取ろうという者が、今も動いているのだろうか。お紅は顔をしかめた。

「騒ぎは終わったと思ってたのに、また起きたなんて、何か嫌だわねえ。大判はないって、噂が広まってないのかしら」

付喪神達は首を傾げつつ、皆で、膳《ぜん》の側に置かれた煮豆に、手を伸ばし始めている。

ここで月夜見が、大層思慮深い顔で頷いた。

「うむ、思いついたことがあるぞ。我はやはり、立派な付喪神だからな。何よりこの中では一番、深く物事を考え……」

「月夜見、何か考えがあるなら、さっさと言え。そうやって思わせぶりに話していると、その間に煮豆を皆で食べてしまうぞ」

野鉄にきっぱり言われて、月夜見は急ぎ先を語り出した。

「我が考えるに、だ。鉢植えというものは、結構重いんだ。小屋の三階から落ちたら、人の頭をかち割る程に、重い」

「そうね。さっき猫神がそう言ったわ」

お姫が首を傾げつつ、月夜見を見つめた。

「まだ、続きがある」

月夜見はここで、皆へ問うたのだ。

「重い鉢植えを落とした時、通る者に怪我はさせるが、殺しはしないというやり方が、出来るものだろうか」

月夜見は、わしには出来ないと言った。

「それは、そうかもね」

鉢植えを小屋の三階から落とすとしたら、出来ることはただ一つ。

「下を通る者の頭を、かち割ることだな」

つまり、鉢植えを落とした誰かは、阿久徳屋に、怪我を負わせたかったのではない。

「殺したかったのではないか」

付喪神達が、煮豆の皿から顔を上げた。

「今日の阿久徳屋は、派手な縞模様の着物を着てたのだろう？　道には多くの人がいても、そのような着物なら、他の誰かと間違えたりはしなかろう。狙いやすい」

十夜は呆然としてしまった。

「以前、阿久徳屋さん親子が、襲われた時があったよね。あの時は、てっきり春夜さんが狙われて、阿久徳屋さんが巻き込まれたと思ってたんだけど」

もしかしたらあの時も、本当に狙われていたのは、阿久徳屋の方だったのだろうか。

「でも、何で？」

十夜が問うと、阿久徳屋には心当たりが、山のようにあるはずと、付喪神達が言ってくる。しかしここでお紅が、盛り場の顔役とは、そんなに危ない立場なのかと問うたので、清次が顔をしかめた。

「いや、阿久徳屋さんは、両国にある口入れ屋で、ちゃんと商売をされている。本人が軽口で言うほど、周りと揉めているとは思えないんだ」

しょっちゅう、命の心配をするような揉め事を抱えていたら、とうに同心に目を付けられているはずであった。いや周りの顔役達が、事を収めるべく動くだろう。しかし春夜から、そんな話を聞いたことはない。

「じゃあ何で、あの阿久徳屋さんが狙われているの？」

皆の食べる手が止まったが、答えを口に出来る者はいなかった。

だが、それでも。今は何としても。

「答えを見つけなきゃ」

このままでは摑んだと思った平穏な日々が、十夜達の手の中から、すり抜けてしまいそうであった。そして阿久徳屋は、命が危うくなっているのだ。

5

三日の後。十夜は清次が持たせた見舞いの品を手に、阿久徳屋へ向かった。商いがあり、清次はどうしても、両国へ向かえなかったのだ。

「十夜は出雲屋の跡取りだ。しっかりと話をしてきてくれ」

親の声を背に、出陣する思いで家を出ると、隅田川で舟に乗った。相棒はいつもの、付喪神達だ。

阿久徳屋は、肩の折れた側の手が上手く使えないと聞いたので、簡単につまめる佃《つくだ》煮《に》を持っていった。すると、早くも店表に出ていた阿久徳屋は、十夜の訪れを大層喜んでくれた。

「全く、情けねえんだよ。おれは飯を食べるにも、体を洗うにも、困ってるんだ」

「でも、お元気そうで良かったです。そうだ、今日、うちの仲間を連れてきたんですが、春夜さん、いますか？」

「おう、今日は店に来てるよ。小さいのもだ」

付喪神達がいるので、阿久徳屋は店の近くに、別に住まいを構えていると聞いていた。春夜は、そちらにいることが多いのだ。

(確かに、小さな付喪神達が動き回ってるのを、余所の人に見られるのは拙いよなぁ)

付喪神達の行いは、時として困り事を運んでくる。いや下手をしたらそれは、大きな災いに化けかねない。今、十夜はそのことが身に染みていた。

「春夜さん、こんにちは。今日は加羅刀さんに会えるってことで、うちの皆は、楽しみにしてるんですよ」

奥へ顔を見せると、いらっしゃいと言い、春夜が笑顔を向けてくる。菓子鉢を十夜の前に置くと、盆の上に用意されていた湯飲みへ、茶を注いでいた。

すると菓子鉢の側に、小さな青馬の姿が見えたので、十夜は付喪神達を袖内から出した。

「月夜見、野鉄、五位、お姫、うさぎ、猫神を連れてきた。他にも来ると言って、ごねてたんだけど、あんまり多いと、大騒ぎになりそうだったんで」

十夜が話している間に、付喪神達はちょこちょこと畳の上を歩き、菓子の木鉢へ達した。そして顔なじみの青馬へ挨拶をしたのだが、今日の青馬は何故だか、顔を強ばらせ、出雲屋の付喪神達を見てくる。

「おや、どうした？　我らがこんな恰好《かっこう》をしているので、驚いたのか？」

「あらま……今日、出雲屋の皆はどうして、合戦姿をしているの？」

春夜が戸惑うのもどうりで、皆は鎧甲《よろいかぶと》を着けていたのだ。ここで野鉄が、深く頷いた。

「何故ってさ、我らは出雲屋で、話し合いをしたからだ。そしてこの先、身勝手な者と一戦交える覚悟を固めてから、この阿久徳屋へ来たのだ」

甲冑《かっちゅう》は、その心意気の表れであると、野鉄は言い切った。

　すると春夜の後ろから、袴姿の小さな阿真刀が現れ、両の足を踏ん張り、野鉄達を見てくる。十夜と春夜は、付喪神達の話を、とりあえず黙って見ている形となった。

　今度は月夜見が、ずいと前へ出る。

「阿真刀、青馬はいるが、文字茶はどうした。ああ、久しぶりだ。では、素々女と加羅刀はいずこにいるのだ？」

「加羅刀は、付喪神として江戸へ戻ってきて、間が無い。だから影の内で休んで貰ってる」

「もうちゃんと、付喪神になっているのだろう？　なのに何故、そんなに心配をする？　阿真刀、お主は加羅刀の母御ではなかろうに」

　そんな風だから心配を募らせすぎ、無茶をしたのではないかと、月夜見は言い出した。

「おや、我らが何をしたというのだ？」

「阿真刀、出雲屋に大判があるとの噂を広めたのは、御家人の八田様達ではない。お主達だろう？」

「……何の証があって、そんなことを言ってくるのだ」

仲が良いはずの付喪神達が二手に分かれ、対峙し始めたので、春夜がおろおろし始める。しかし十夜は、出雲屋の付喪神達を止めなかった。今度は五位が、喋り始めた。

「ようく考えると、簡単な話なのだ」

付喪神達は以前、噂の大本である大判を、屏風の中から持ち出した。そしてあの日、屏風の側にいた武家は二人だけだ。

「八田様は、屏風から飛び出てきた我らを、怖がった。それであの日、出雲屋から早々に帰っておる。我らが、十夜へ大判を見せた時には、既にいなかった」

大判を持ち出した大江戸屏風の持ち主、篠崎も、猫と一緒に去っていた。つまりあの時、出雲屋で大判を目にした武家は、いなかったということになる。

「あの場にいたのは春夜、阿真刀達、十夜と市助と、我ら付喪神達だ。春夜は阿久徳屋へ話したかもしれぬが、他には漏れておらんだろう」

なのに大判の話を、侍達が知っていたのだ。町人と付喪神達だけしか知らないことが、日頃付き合いのない者へ伝わった。

「事を知る誰かが、わざと話したんだろうさ」

春夜と十夜、阿久徳屋は、大判の話が漏れた為、迷惑を被《こうむ》った。清次夫婦は子の心配をすることになった。出雲屋の付喪神達に確かめたが、他で喋った者はいなかった。

となると、だ。

「お前さん達が話したに違いない。そして、訳も察しが付く」

「ほお、言いたいことを言ってくれる」

「大江戸屛風で見つけた加羅刀達が、存外早くに、付喪神となった。それで一旦、屛風から出たのに、阿真刀達はまた、そこへ戻りたくなったんだろう」

付喪神となっている上に、ずっと大事にされている屛風だ。加羅刀達が安心して暮らせる昔の江戸が、あの屛風の中にはある。

しかし持ち主である篠崎は、既に、妙な噂が立っている屛風のことで、随分と困っている。この上、妖である付喪神を、屛風の内に入れたいとは思わないはずだ。

「阿真刀達は、付喪神だ。影内から近づき、こっそり屛風へ入ってしまう手はつかえると思うが、少々危うくもあるな」

これ以上、奇妙な屛風だと思われてしまったら、屋敷で小火《ぼや》があったことにして、大江戸屛風は焼き払われてしまいかねない。そうなったら中にいる付喪神達も、まとめて焼かれてしまうのだ。だから。

「阿真刀と加羅刀は篠崎に会って、大判の話をしたんじゃないか？　時々大判を中から持ち出してやるから、付喪神達を屛風の中に置いてくれぬか。そう言ってみたのだろう」

篠崎は、出雲屋で一度、付喪神達と会っている。話しかけても驚きはしなかろうと、阿真刀達は考えたに違いない。

そして篠崎達は、その話を知った故に、一度出雲屋へ顔を出した。屏風に大判が眠っているのか、確かめたかったのかもしれない。

「……篠崎様は、出雲屋へ顔を見せたのか」

「だってね、付喪神には付喪神の考えがあるように、人には人の、都合があるから」

お姫が、阿真刀の言葉が何を引き起こしたのか、話し出す。

「大判が絡んでいるとなったら、篠崎様がその話を、一人で抱え込むはずはないわ。だって、お殿様だもの」

最近は、多くの武家が借金を抱えており、禄が十分に出ない家臣達も苦しんでいる。だからお家の借金をどうするかは、殿の一存では決まらない。重臣達と話し合って、決めねばならないことなのだ。しかしそうなると、事情を知る者が増える。

実際、かなり増えてしまったのだろう。

「大判の話は、あっという間に、阿真刀達が知らない者にまで広がったようね」

それで、付喪神を抱えていた十夜や春夜は、噂を摑んだ者達から、大判の持ち主だとみなされた。

「そして終《しま》いには、親と称して金を手に入れようとした者に、悩まされる羽目になったわけだ」

「その騒ぎも、我らのせいか」

阿真刀の目が、三角になる。するとここで、春夜の後ろから、現れてきた姿があった。

「おやおや、阿久徳屋の付喪神が、悪者呼ばわりされておるぞ」

そう話す姿は、阿真刀よりもひとまわり大きい。袴をはいており、まるで侍のように、綺麗に歩いてお姫へ寄った。

「我が今、話に出ていた加羅刀だ。ああ、まずは御礼を言わねばならんな。出雲屋の付喪神達が、我を大江戸屏風の中で捜せと、言ってくれたと聞いている」

おかげで今一度、相棒の阿真刀に会えた。本当に嬉しかったと、加羅刀は頭を下げてきた。阿真刀と加羅刀は、一緒に作られた刀なのだ。

「二度と会えないはずの相手と、巡り合えた。総身が喜びで震えたわ」

だから出雲屋の付喪神達は、真の友と思っていたと、加羅刀は言ってくる。しかし。

「御身達から、悪の大本のように言われるとは、思わなんだ」

すると猫神が、後ろからあっさり言った。

「加羅刀殿、我らはお前さん達のことを、悪、などとは言ってはおらんが」

「は？　でも、今……」

「みゃん、勝手に大判の話を広めたのは、拙かったな。この先もし、篠崎様が屏風へ入ってもいいと言っても、もう止めた方がいいだろう。こうも大判の話が広がっては、屏風ごと盗もうとする輩《やから》を、心配して過ごす羽目になってしまうだろうよ」

あの屏風の内では落ち着いて、暮らすことも出来ないぞと言われて、阿真刀達は、一寸泣きそうになった。猫神が溜息を漏らす。

「ただ大判の件、十夜達はもう、始末を付けた。みゃあ、出雲屋には大判など無いと、清次と十夜が鈴木様へ、話を押し通したからな」

終わった話であり、出雲屋の付喪神達は、今更無駄に蒸し返す気はないのだ。すると加羅刀が、戸惑うように首を傾げた。

「おや、てっきり大判の件で、我らと争いに来たかと思ったのに。ならどうして、そんな戦支度をしておるのだ？」

「十夜や清次と、話し合ったからだ。大判のことは片付いた。なのに阿久徳屋は何で、今更怪我をしたんだろうかと」

賢い付喪神達は、じき、訳を思いついた。十夜から大層褒められたと、猫神は胸を反らし、天井へ目を向けてから、訳を口にした。

「阿久徳屋の怪我と、大判の事は、別の話だったのだ。つまり阿久徳屋が大怪我をしたのには、他に事情があるのだ」

「別の訳があって、怪我をした？」

　加羅刀だけでなく、春夜も目を見張っている。猫神が語っていった。

「阿久徳屋は、人から襲われるような心当たりが、一杯あると言ってた。みゃあ、でもな、鉢植えを落とされ、命を失いそうになるのは、初めてだよな？　今までは、そんなことはなかったんだよな？」

　春夜が頷く。

「じゃあ、最近何かが起きて、阿久徳屋は狙われることになったんだ。そういうことだ」

「何かあったっけ？」

　阿真刀達が首を傾げている。

「我らは答えを直ぐに思いついたぞ」

　五位と野鉄が声を揃えた。そして……加羅刀のことを、真っ直ぐに見たのだ。

「わたし？　確かにわたしは最近帰ってきた。しかしそのせいで、阿久徳屋が襲われたと聞いても……どうしてなのだ？」

「出雲屋で話している時、十夜が思い出したんだ。阿久徳屋の名前は、確か〝阿喜夜〟だったと」

「ええと、そうだったっけ？　阿久徳屋以外の名前、ほとんど聞いたこともない気がするが」

「十夜は聞いた時、少し不思議な気がして、覚えてたと言うんだ。名前に同じく、〝夜〟の字が付いていたんで」

阿久徳屋は、十夜達、夜拾った赤子の名に、その字を付けたと言っていた。ならば。

「阿久徳屋さん自身も、もしかしたら、拾われた子供だったんじゃないかな」

春夜が、十夜を見つめてくる。

「そういえば、親戚《しんせき》の者を知りません。久徳屋のように店をやっていれば、赤子を引き取るなど、身内に反対されそうなものです。なのに、義父はわたしを引き取っているし」

そんな身の上だったから、阿久徳屋は、己と同じ捨てられた子らを、見捨てられなかったのかもしれない。ここで十夜が、話をくくった。

「多分我らと違って、捨てられた時、阿久徳屋には、身元を示すようなものが添えられてたんだ」

「あ……」

春夜の目が、さっと加羅刀達へと向く。阿真刀が、十夜へ聞いてきた。

「加羅刀が店へ帰ると、何故、阿久徳屋が襲われるんだ？　刀が身元を示すというなら、我はずっと側にいただろうに」

ここで十夜が、阿久徳屋が持っていたという大刀と小刀、二振りの刀の、こしらえを見たいと言い出した。付喪神達が、ひょいと元の姿になると、大小の刀が畳の上に並ぶ。

十夜は両方の鞘《さや》を、皆に示した。

「鞘に家紋が付いてます。阿真刀は丸に橘《たちばな》ですね」

一方加羅刀には、下り藤の紋が入っていた。改めて、互いの刀に入っていた紋を見て、阿真刀達が声を上げる。

「そういえば、一緒に作られたはずなのに、わたしと加羅刀の紋は違ったな。何でだろう」

「同じ家の、定紋《じょうもん》と替紋《かえもん》でしょう。たとえばお武家は、幾つか紋を持っていると聞いてます」

十夜は、二つの紋を見つめつつ語った。

「捨てられた赤子と一緒に、刀が残されていたとします。その刀の鞘に付いている紋が、ある家のものと同じでも、たまたまということもあります」

同じ紋を使っている家は、あるのだ。だから、阿久徳屋の付喪神が表に出ていない時は、何事もなかった。阿真刀だけが、阿久徳屋の近くにいた時も、大丈夫だった。

ただ。

「同じこしらえの大刀と小刀が、捨てられた赤子に添えられていたとします。その刀二振りに付けられた紋が、あるお武家の定紋と替紋だった場合、事情は変わってきます」

刀と共に捨てられていた子は、そのお武家の縁の者だと思われるのではないか。

「きっと、子を捨てた側の誰かが、刀のことを覚えていたんでしょうね」

そして武家と大判の話をした時、阿真刀と加羅刀に付けられていた、二つの紋が人目につき、話が広がったのだ。それはじき、どこかの家へ届いた。そこにはその話を、ありがたく思わない者がいたに違いない。

鉢植えが阿久徳屋の上へ、降ってきたのだから。十夜が春夜を見つめる。

「わたし達は出雲屋で、そういう話を組み立ててみたんですよ」

ならば捨てられた子へ、二度目の悪行をなす相手と、出雲屋の面々は戦わねばならない。同じく捨てられていた十夜は、今、怒っているのだ。

それにその誰かは、付喪神のことも承知しているから、厄介であった。とうに付喪神となっていた二振りを赤子へ添えたのは、多分、鉢植えを落とした家の者に違いないのだ。

野鉄が春夜へ言った。

「十夜は、我ら付喪神の身も、危うくなるのではと心配してるよ」

かつて捨てた赤子へ、都合が悪いからと、鉢植えを落とす者は怖い。そんな者が、付喪神がこの世にいることを、承知しているのも怖い。

「それだから我らは、戦いの支度をしておるのだ」

用心していれば、やり過ごすことが出来る相手か。それとも本気で、合戦をせねばならない敵か。先のことは見えないが、腹をくくっておかねば拙かろう。

「阿真刀達。お主達は、これからどうするんだ？」

直ぐには、答えが返ってこない。

春夜は、暫く呆然としているように見えた。しかし、当人に話しておく必要を感じたのだろう。部屋から出ると、急ぎ足で、阿久徳屋がいる店表へ行く。一番危ないのは阿久徳屋であった。

「戦わなくてはならない、よな」

十夜は、戦支度の付喪神達を膝に乗せてから、腹にぐっと力を込め直した。

つくもがみ笑います

序

あらお前様、今日もわたし達付喪《つくも》神《がみ》に、会いに来てくれたの？　嬉《うれ》しいわぁ。ええ、その気持ち、分かるの。付喪神っていうのは、最強の相棒だもんね。姫様人形であるこのお姫が、本当だと言い切るわ。

だからさ、わたし達付喪神は、さっそくお前様と遊びたいの。けど今日ばかりは、というより今は、そうは言っていられないのよ。

あのね、周りを見て。わたし達、凄《すご》いお屋敷にいるでしょう？　今日は大身旗本の山白様のお屋敷へ、顔を出してるの。もっとも付喪神は影の内から、話を聞いてるだけだけど。

見て分かるように、付喪神の連れは四人いるわ。わたし達が暮らしている出雲屋からは、主《あるじ》の清次と跡取りの十夜が来てる。そして付喪神阿真刀達の店、阿久徳屋からは、主の阿久徳屋と息子の春夜が出てるの。

そしてね、正面の一段高い畳の間に、立派なお武家様が座ってるのが見えるでしょう？　あの優しそうな方が御当主で、四千石のお殿様、山白伊《い》勢守《せのかみ》貞勝《さだかつ》様なんだって。身分違いのお殿様だから、本当なら町人が、気軽に会える方じゃないって話よ。

　でもね、阿久徳屋は友達だって言うの。以前、この山白家の屋根裏で会った、屋根裏友達だって言い張るのよ。そんな友達、聞いたことある？　悪の親玉、阿久徳屋って、本当に変なおじさんよね。

　でもね、こうして会って下さったんだもの、阿久徳屋が伊勢守様と、ご縁があるのは嘘《うそ》じゃなかった。そしてね、阿久徳屋は屋敷に落ち着くと、お殿様に直《す》ぐ、自分が捨て子だったってことを話し始めたの。

　そして、捨てられた赤子と大小の刀について、いわくを語ったあと、山白のお殿様に阿久徳屋は頭を下げた。己はもう、生みの親に会いたいと思う気持ちは無いから、それを相手の家へ伝える為、手を貸してくれないかと、お殿様へお願いしたわけ。

　つまり加羅刀に付いていた定紋と、阿真刀に付いていた替紋、この二つを揃《そろ》って持っているお武家を知らないか、正面から聞いたのよ。

　するとお殿様は少し首を傾《かし》げて、何故自分に聞くのかと、阿久徳屋へ問われた。わたし達付喪神は物知りだから、お殿様の気持ち、分かったわ。

　江戸では、「武《ぶ》鑑《かん》」という本が売られているの。元々は武家との商いをする商人の為、武家について色々書き記した、便利な本だった。

だけど今じゃ、大勢の町人達が武鑑を手に、千代田《ちよだ》の城へ向かう大名行列を見物して、楽しんでいるわ。つまりお殿様は、阿久徳屋の素性調べは、自分で出来るはずと言ったのよ。

もちろんわたし達は、「武鑑」を借りたわ。でもその「武鑑」には、お武家の紋が、定紋一つしか載っていなかったの。その上、「武鑑」の紋ときたら、絵が簡単に描かれすぎてた。たとえば梅鉢の紋といっても、微妙な差異があるものなのに、適当な気がしたのよ。

阿久徳屋の実の親を間違えては、大事《おおごと》ですもん。「武鑑」だけに頼るのは、危ないってことになった。で、どうするか悩んだあげく、阿久徳屋は図々《ずうずう》しいことを考え出したの。

餅《もち》のことは、餅屋に聞く。武家のことは、武家に聞こう。そう言い出したわけ。

こちらのお殿様が、知ってるお武家の中で、一番偉かったんで話を持ちかけた。阿久徳屋が正直にそう言ったら、伊勢守様は明るく笑い出した。そして以前、さや姫様が阿久徳屋の世話になったから、今回は特別に、話をして下さると言われたの。

お殿様が優しい方で、良かったと思ったわ。これで阿久徳屋の親が誰か分かったら、皆で相手の家へ行くことに決まってた。そして今度こそ、赤子を捨てた家と縁を切って、阿久徳屋と阿真刀と加羅刀は、安心して暮らせるようになるはずだったの。

山白家のお殿様は少し考えた後、阿久徳屋へ、播磨《はりま》にある、小さな大名家の名を告げた。そして阿久徳屋の親御は、跡取りの方ではなく、本来、嫁などもらえない立場の、次男以下の誰かか、傍系の息子だろうと付け加えたの。

ただ、それでも大名家縁《ゆかり》の子なら、もらい手は探したはずだと言った。赤子は良い着物を着ていたし、立派な刀も添えられていたんだろうって。きっと手違いが起きて、阿久徳屋は捨てられてしまったのね。

そこまでは、納得して話を聞いてたんだけど。それからお殿様は、思いも掛けない言葉を付け足してきた。なんと、なんと。たとえ阿久徳屋が、播磨のお大名と互いに縁切りをしても、無事狙われなくなるか、今は分からないと言ったのよ。何故なら災いの元は、他にもあるかもしれないって言うの。

はい？　何で、どうして？

阿久徳屋は呆然《ぼうぜん》としてた。するとお殿様は、正面から阿久徳屋を見つめた後、突然、こんなことを問うてきた。

付喪神が、この世にいるというのは本当か。そして阿久徳屋はその付喪神に、関わっているのかと。

つまり阿久徳屋達が襲われたのは、実の親のせいかもしれないし、付喪神が身近にいる為かもしれない。そう言ったのよ。

阿久徳屋と十夜達は、目を茶碗《ちゃわん》くらいに大きく見開いてたわ。お殿様から付喪神の話が出るなんて、思ってもみなかったのね。

二人は、わたし達のことを他に告げてもいいものか、迷ってた。でもね、ここで黙ってても、話は先に進まないじゃない？　それにさ、今までだって結構沢山の人が、付喪神を見てる気がするし。わたし達、盛り場の真ん中で、小屋の壁代わりの薦《こも》を破いたこともあるし。

だから、わたし達は立派な付喪神として、さっさと腹を決めた。十夜達が何か言う前に、影の内から表へ出て、殿様の前へ進み出たわけ。

お殿様、身を乗り出してこっちを見つめてた。阿久徳屋は黙りこんで、十夜は目を三角にしてた。

でも誰かが癇癪《かんしゃく》を起こす前に、お殿様は納得して、ご存じの事情を語って下さった。自分がこれから話す件には、実は新たな付喪神が関わっている。その件が、阿久徳屋と親の騒ぎに絡んでしまったのではと、お殿様は続けたの。

十夜は三角だった目を、丸くした。

最初わたし達は、阿久徳屋の親を捜し出せば、揉《も》め事は終わると思ってた。なのにその時から一切が、思わぬ方へ転がり出しちゃったの。

全ては百年以上前から始まっていて、誰にも止められないと、お殿様は言い出した。

1

付喪神達が姿を現したので、伊勢守は、家中の者に姿を見られないよう、話す場所を移した。皆は屋敷の端にある、亡き隠居の御殿へ向かったのだ。

するとそこで、付喪神達はとんでもない目に遭った。どうやら、殿様が隠居所へ向かうのを見たらしく、一人娘のさや姫が、突然部屋へ入ってきた。遊びたかったようで、小さな付喪神達を見ると、姫は、それはもう嬉しげに後を追い始めた。皆は、美しい庭に面した外廊下や、広い広い畳敷きの部屋を、駆け回ることになってしまった。

「かわいい、ちっちゃいの、かわいいっ」

飛べる野鉄や五位は天井へ逃げ、残りの付喪神は必死に駆け出した。するとさや姫も、嬉しそうに走っていく。明るい笑い声と、付喪神達の悲鳴が、部屋から部屋へ駆け抜け、近づいたり遠ざかったりした。

「ありゃあ、どうしたらいいのかな……」

十夜達が、それを呆然として見つめる中、屋敷の主である伊勢守は、妙に場違いな、嬉しげな目を姫へ向けた。

「おう、さや姫。すっかり元気になって良かった。付喪神達、良き遊び相手になってくれて、礼を言うぞ」

「殿様っ、落ち着いてないで、お姫様を止めてくれっ。この月夜見は、長くは走れん」

「おや、そうか？　まあそのままでは、姫がお八つを食べられぬな。姫、追いかけっこは止《や》めて、菓子を先に食べなさい。盆にある饅頭《まんじゅう》を、好きなだけ食べても良いから」

「あい、父上様」

姫が足を止めた途端、何人もの付喪神達が畳の上へひっくり返り、総身で息をした。するとさや姫へ、何を見ても動じない顔のお女中が近づき、姫と饅頭の盆を抱え、隣の間へ移っていった。

「みゃあ、助かった」

猫神は畳にへばりつき、十夜と春夜は目を見合わせ、清次は溜息《ためいき》を漏らした。だがここで、天井から降りてきた野鉄達は、揃って阿久徳屋を不機嫌そうに見た。

大騒ぎが起きたというのに、悪の親玉は、困っている付喪神達に、目も向けなかったからだ。隠居所へ入ると、阿久徳屋は懐から大きな紙を取り出し、畳へ広げ、筆で何やら書いていたのだ。

その上、何とか起き上がった月夜見が、よろよろと紙の端の上を歩いたところ、阿久徳屋はすかさず、低い声を出し怒った。最近阿久徳屋は、出雲屋の付喪神達に対しても、遠慮がなくなっているのだ。

「こら月夜見、せっかく書き上げた字の上を、歩くんじゃねえ。擦《こす》れて、読めなくなっちまうだろうが」

月夜見は顔を真っ赤にし、野鉄と五位が阿久徳屋の上へと飛んでいった。付喪神達は、怒った顔を墨壺《すみつぼ》へ向けている。

「おいこら、何をする気だい？」

十夜が慌てて、割って入ろうとしたその時、付喪神達は動きを止めた。横から殿様の、のんびりした声が聞こえて来たからだ。

「ところで久徳屋、お主、さっきから何を書いておるのだ？」

「伊勢守様、我らが何時、どういう騒ぎに遭ってきたか、書きとめてるんでございますよ」

百年も前のことが、今、自分達に関わっていると言われた。ならば、起きた話と時を順に、きちんと摑《つか》んでおくべきだと阿久徳屋は言うのだ。

「さすがは元締め、きっちりしてますね」

「十夜、悪の親玉と言われたかったら、頭の内は、整えとかなきゃならねえ。覚えておきな」

「元締め、十夜さんは、悪の親玉になりたいわけじゃ、ないと思いますが」

おまけに名を呼びすてにしはじめたと、溜息をつく春夜の傍らから、伊勢守が紙を覗《のぞ》き込む。

「久徳屋が承知の事情を、わしも知っておきたいぞ」

阿久徳屋は頷《うなず》くと、書いたものを読み上げていく。物覚えがいいようで、人から聞いた話も、順番を違《たが》えず書き記していた。

一つ。阿久徳屋にとって、全ての始まりは、付喪神との関わりを増やしたこと。出雲屋に付喪神が多くいると、武家から噂《うわさ》を聞いた阿久徳屋は、もっと付喪神達を増やそうと思い立ったのだ。

すると出雲屋の付喪神と揉めたあげく、両国《りょうごく》の小屋の壁が壊れた。

二つ。次に起きたのは、屏風《びょうぶ》の一件。付喪神となっていた〝大江戸屏風〟の中に、阿久徳屋と出雲屋の付喪神達が入り込み、騒ぎとなった。

この時八田、篠崎、蜂屋というお武家三人が、付喪神達のことを知っていることを、阿久徳屋は承知する。付喪神達が、屏風から大判などを持ち出し、これも騒ぎのもととなった。

三つ。その次は山白家の幽霊騒ぎ。大身旗本のお殿様やお姫様と、阿久徳屋は、お屋敷の屋根裏で知り合った。

伊勢守様、一見ぼんやりとなさっているようで、結構鋭い。用心、用心。

「おやおや」

当の伊勢守が、苦笑を漏らしている。

四つ。阿久徳屋親子と十夜達が、武家に襲われた件。更にその後、阿久徳屋は、頭を狙って鉢植えを落とされ怪我《けが》をした。よって出雲屋と阿久徳屋の皆は、事には阿久徳屋の出自が関わっているのではと、目星を付けた。

それで阿久徳屋は、縁のあった大身旗本のお殿様、伊勢守様へ、捨て子だった話を告げた。その後、定紋、替紋が合うお武家を、教えてもらう。

ついでにお殿様に、付喪神達を引き合わせることになった。

「ここまでが、この久徳屋と出雲屋さんが関わってきた件ですね」

伊勢守は頷き、阿久徳屋へ、これから自分が語る話も、紙に記しておくように告げる。つい先ほど口にした、百年も前からの話だ。

「不思議に感じる話だが、冗談だとも思えないのだ」

阿久徳屋は口の端を引き上げると、二枚目の紙を目の前に広げた。大身旗本の屋敷なのに、武家の姿が見えない隠居所で、伊勢守は静かに語り始めた。

「事は遥《はる》か前、犬公方《いぬくぼう》と言われた、綱吉《つなよし》様のご治世に始まったと聞く」

丁度、百年程前のことだ。太平の世が続く中、江戸でも既に、商人達が大きく力を伸ばし、武家の借金は増していた。

「すると、だ。時勢と言おうか、武家の明日を憂う者が出てきたらしい」

その男は、播磨の国の者だったという。そして付喪神がこの世にいることを、たまたま承知していたらしい。

「よって男は、武家の世が続くことを願い、ある品を作った。大事にすれば百年後、必ず付喪神となる程の名品であったという」

「何と、最初から付喪神を生み出す心づもりで、品物を作り出したのですか」

十夜は清次と、顔を見合わせた。百年後、その名品が付喪神となったとしても、作った男は、墓に入っているだろう。その品が、必ず付喪神になるという保証もない。どんな結末になるにせよ、その男は、己では確かめられないわけだ。

「それを承知で、作るとは。初めて聞く話です」

伊勢守が頷いている。作った男は、その名品が付喪神になった暁には、武家を救うだろうと言い残したそうだ。

「しかしな、その話を耳にした武家達が、皆、名品を歓迎したわけではない」

妖《あやかし》の力に頼るとは、とんでもないと言う武家も現れたのだ。だが、大きな騒ぎにはならなかった。何しろ品物が付喪神となるのは、百年後だ。当時はその品を、ただの法螺《ほら》話のもとと見る声が一番大きかった。

「その内、作者が亡くなった。まだ付喪神になっておらず、役に立っていなかった名品のことは、年と共に忘れられていったのだ」

〝百年後の付喪神〟、〝百年君《ひゃくねんくん》〟。そう呼ばれた付喪神の話は、やがて噂にも上らなくなった。伊勢守がそう続けると、百年経《た》たない内にそうなるのかと、付喪神達が不満げにしている。

　ところが最近になって、突然風向きが変わってきた。

「その名品が付喪神となったかどうか、確かめたいと願う者が出てきたらしい」

　伊勢守が言うと、阿久徳屋が直ぐに頷いた。

「ははぁ、百年目が来たんですね。子孫へ贈った妖が、付喪神として目覚める時を迎えたんだ」

　本当に役に立つのかどうか、一度その付喪神を見てみるのも、悪くはなかろう。百年前には、名品を厭《いと》うた武家達の中に、そう思い立つ御仁《ごじん》らが出てきたわけだ。

「すると、だ。何故だか付喪神に関わる噂が、武家達の間を巡り始めた」

　ここで伊勢守が、唇に笑みを浮かべ、小さな付喪神達へ目を落とす。

「はい？　我らの噂？」

「付喪神の噂は、前々からあった」

　どういう見た目をしているのか書き記した物も多く、今も絵双紙屋へ行けば手に入る。付喪神も他の妖も、江戸に生きる皆から、遠い者達ではないのだ。

「家に付喪神達がいるからだろう。妖の噂と絡んで、久徳屋の名前が、山白家まで伝わってきたぞ。それでわしは、幽霊退治をすると決めた時、久徳屋へ声を掛けたのだ」

　どうせ幽霊を探してもらうのなら、本当に妖と通じておる者が良い。そう思いついたと、伊勢守は話を締めくくった。

　すると付喪神や十夜達はここで、揃って首を傾げてしまった。

「あのぉ、伊勢守様、よく分かりません。百年君が付喪神になる日がきたら、どうして他の付喪神に、目が向けられるのでしょうか」

　名品が、無事百年を経たのだ。ならばさっさと付喪神となっているかどうか、当の品を確かめたらいいではないか。部屋の皆からそう言われて、伊勢守が眉尻《まゆじり》を下げた。

「もっともな言葉だな。だが、事情は簡単だ。実は、分からなくなっておるらしい」

「何が、分からないんです？」

　小さな付喪神達が、殿様へ向ける言葉も、段々遠慮が無くなってゆく。伊勢守は笑みを浮かべ、肝心の事情を告げた。

「百年君とは何だったのか。今はそれすら、知る者がいないのだ。最初、厭われた為だな」

　名品のことを書き記した、手書きの本があったというが、見当たらない。

「江戸は火事が多い。焼けたのかもしれん」

　城の天守閣まで燃え、再建されなかった土地柄なのだ。

「よって頼りは、〝付喪神〟という言葉だけになった。それゆえ多くの武家が、今、まずは付喪神の在処《ありか》を探しておる」

本物の付喪神がいるとなれば、皆の目が向くこと、間違いなしなのだ。そして妖を見てみたい一派と、嫌う一派の思いが、その付喪神や、持ち主へ集まっていく。

「出雲屋や久徳屋に付喪神がいることを、承知の武家がいるのだろう？　ならばお前達が襲われたのは、付喪神ゆえかもしれん」

「うわぁ」

十夜がはっきり、顔をしかめた。

「篠崎家の大江戸屏風が、出雲屋へ持ち込まれたことがございました。お武家と当店に縁はございましたが、不思議にも思ったものでした。あれは出雲屋に付喪神がいたから、やってきたものだったんでしょうか」

屏風の持ち主、旗本の篠崎と蜂屋は、付き合いが深そうだ。蜂屋は、付喪神である利休鼠の持ち主だ。そして利休鼠は、付喪神達を抱える出雲屋の、馴染《なじ》みであった。

「武家を救うという名品を、皆、見たいのだ。噂は武家から武家へ広がっておる」

武家達は、この先もっと動きを増してゆくぞと、伊勢守は言った。

「このままだとお主達は、また突然襲われ、命が危うくなるだろうな。出雲屋も、久徳屋も、付喪神達もだ」

　伊勢守から、はっきりそう言われ、小さな仲間達が、一斉に怒りの声を上げた。

「お殿様、何とかしてくれ。我らはお武家の付喪神とは、関係ないのだっ」

「そう言われても、な。噂を止めることなど、わしには出来ぬ」

「殿様の、馬鹿っ」

「おいおい」

　ここで笑い出し、付喪神達の悪口を止めたのは、阿久徳屋であった。

「己が襲われた頃から、考えてたんですがね。このお江戸にいる者の半分は、お武家だって言われてる。狙われたら、逃れる道は、多くはないって気がしてますよ」

　逃げ道の一つは、己の付喪神達を連れて、江戸を出ることだ。

　相手が江戸で暮らす武家ならば、噂の為に、上方《かみがた》まで追っては来ないだろう。武家は気軽に外泊など出来ない。旅は出来るが、決まりが多く、簡単ではないのだ。

「もう一つの道は、こっちがさっさと、その付喪神、百年君を見つけるってやり方だ」

　十夜と付喪神達が、阿久徳屋を見つめた。

「あの、その百年君を我らが捜し出して、どうするんですか？」

「そうだねえ。十夜、たとえばこのお殿様に、教えて差し上げるのさ」

　伊勢守は他の武家達に、どれが百年君なのか、話して下さるだろう。本物が現れれば、関係の無い他の付喪神や、その持ち主のことなど、皆、興味を失うに違いなかった。

「それに伊勢守様なら、百年君を見つければ、幾らか褒美を下さるだろうし」

「おお、それは良き案だな。もちろん捜し出してくれれば、十分な礼はするぞ」

伊勢守が、満面の笑みを浮かべている。

「そのやり方なら、お主らは江戸を、離れずに済むだろう」

すると殿様の言葉を受け、阿久徳屋が皆を見回した。己達を襲ってきた武家の為、働くことになるのだ。面白くはないと言い出す付喪神もいるだろう。しかし。

「おれは両国の元締めだ。お武家と同じで、簡単にゃあ、盛り場を離れられねえ」

だから自分は、二つ目のやり方を選ぶと、さっさと口にした。

「春夜と十夜は、付喪神達を連れて、上方へ行ってもいいんだぞ。若いんだ。色々見聞き出来て、学べることも多かろう」

きっと旅に掛かる金は、伊勢守様が持って下さると、阿久徳屋が言い出したものだから、殿様が苦笑を浮かべている。

だが春夜は、直ぐに首を横に振った。

「元締めは必ず無茶をします。きっと沢山やらかして、久徳屋の者達が困ります。駄目です。一人置いて、余所《よそ》へは行けませんよ」

そして出雲屋の付喪神達も、江戸から出ないと言い出した。

「新しい付喪神が目を覚ましたら、何でこの月夜見が、江戸から追われねばならんのだ？　納得できん」

「お姫も嫌です。だって、いつになったら江戸へ帰れるの？　お武家方は、新しい付喪神の件、いつ、終わらせるの？」

　すると五位は、人はすぐ年を取ると言い出した。

「きっと百年くらい、あっという間に経ってしまうぞ。西へ行った十夜達は帰ることも出来ず、あっちで死ぬことになりかねない」

「さすがにそれは……嫌だ」

　十夜と清次は、しかめた顔を見合わせる。

　結局誰も、江戸から出るとは言い出さなかった。つまり出雲屋親子と、阿久徳屋親子で、付喪神の〝百年君〟を、捜すことに決まったのだ。

「何でこんなことに、なったんだろう」

　皆で揃って首を傾げることになった。しかし、江戸にいつづけるのであれば、急がねばならない。

　こちらがまた、狙われる前に。

　そして百年君が、妖を厭う武家達に、壊されたりしないうちに。

　何としても生まれたばかりの付喪神を、見つけねばならないのだ。

2

翌日、出雲屋の二人は両国の阿久徳屋へ出向き、付喪神達も交えて、今後どう動くかを話し合った。

「阿久徳屋や出雲屋に、付喪神がいることは、お武家の間で、とうに噂になってたんだな」

ならば気になる方がいると、阿久徳屋は言い出した。

「昨日話が出た、お武家方だ。その御仁達、実は百年君と付喪神に興味があったんで、寄ってきたのかもしれんぞ」

大江戸屏風を持っている篠崎や、その屏風を欲しがっていた八田、そして利休鼠の持ち主、蜂屋だ。阿久徳屋は悪の親玉丸出しの、人の悪そうな笑みを浮かべた。

「となればそのお三方は、我らよりも伊勢守様よりも、百年君のことを良く知っていても、おかしくない」

まずは手分けして、八田、篠崎、蜂屋の屋敷を訪ねてみようかと、阿久徳屋は言い出した。正面から殿様達へ、探りを入れるわけだ。

「とにかく、やれることから、やっちまおう。のんびりしてると、妖嫌いのお武家から、こっちが狙われちまう」

十夜と春夜は頷き、両家の付喪神も鬨《とき》の声を上げる。ただ清次は一人、心配を口にした。この先、清次は十夜に、付き添うことは出来ないのだ。手下を沢山抱えている阿久徳屋とは違い、出雲屋は主が長く店を空けると、商いを畳むことになりかねなかった。おまけに今回は、捜す相手が付喪神だから、事情を知らない者を、十夜の連れには出来ない。

「お武家と直《じか》に対峙《たいじ》して、大丈夫でしょうか。十夜は一度、襲われてる。付喪神だけを供に、十夜一人でやるのは心配です」

すると阿久徳屋が、口の片端を引き上げる。

「清次さん、十夜は男だ。そろそろ独り立ちの年だよ。まあ心配は募るだろうから、一番の難物、御家人八田様の屋敷へは、この阿久徳屋が行ってやるから」

八田は、嫌な性分だ。その上、元々己のものではない付喪神、大江戸屏風を欲しがっていたのだから、一番怪しいと、悪の親玉は遠慮もなく口にする。

「十夜は、旗本の蜂屋家へ行けばいい。あそこなら安心だろ。顔なじみなんだから」

よって旗本篠崎の屋敷へは、春夜が行くことになった。阿真刀と加羅刀が、力強く頷いている。

「篠崎家は、大江戸屏風のある屋敷ですね。あの付喪神の中へは、もう一度入ってみたいと思っておりました」

阿真刀いわく、大江戸屏風は二百年くらい前のもので、百年君ではないという。

「ですが古い分、他の付喪神のことを、承知しているかもしれません。何とか知り合いになって、話を聞いてみたいものです」

一方、月夜見や五位達は、行き先が蜂屋家と聞き、顔を見合わせた。

「あの気の小さい、利休鼠がいる屋敷かぁ。あいつ、何か承知しておるかのう」

手柄が立てにくいと月夜見から言われ、阿久徳屋が笑い出した。

「付喪神さん達よう、あんたらは、武家から狙われた。蜂屋様が知り合いの武家へ、出雲屋に付喪神がいることを喋《しゃべ》ってないか、聞いてきてくんな」

「おお、承知。それは考えてなかった」

阿久徳屋はこれで決まりだと、落ち着いた顔で頷いた。息子の春夜も狙われたことがあるのに、ことさら騒ぎ立てたりはしない。

（春夜の方が、わたしより年下なのに）

十夜が気恥ずかしくなっていると、阿久徳屋は小袋を二つ取り出し、春夜と十夜に渡した。

「こいつは、伊勢守様から巻き上げた……いや、頂いた金だ。今回の調べ事に使いな」

危なくなったら、まず逃げねばならないが、舟に乗るにも金は必要なのだ。

「何かあったら飛べる付喪神は、この阿久徳屋へ知らせにくること。春夜、付喪神の素々女を、いつも懐に入れとけよ。阿久徳屋の付喪神で飛べるのは、素々女だけだ」

　ここまで決まれば後は、武家屋敷へ行くのみだ。十夜達は阿久徳屋から出ると、三方に分かれて踏み出していった。

　十夜が蜂屋家へ着くと、当主と顔なじみの者だからと、家臣が直ぐ、屋敷の奥へ通してくれた。よって十夜と付喪神達はそっと、顔を見合わせることになった。

（蜂屋家って、こんなに愛想の良いお屋敷だったっけ？）

　首を傾げつつ奥へ向かうと、途中、野鉄が袖《そで》内で腕を引っ張ってきた。

「十夜、右を見ろ。大江戸屏風が、そこの部屋に置いてあるぞ」

「あれ？　屏風は旗本の篠崎家へ、とうに返されたと思ってたんだけど」

　つぶやいたその時、更に驚くことになった。二つ先の一間から、当主の蜂屋勝三郎と、大江戸屏風の持ち主である旗本篠崎の、人目も憚《はばか》らない大声が聞こえて来たのだ。

　立ちすくみ、腰が引けている家臣に構わず、眼前の障子戸を少しばかり開けてみる。すると、それすら気が付かない様子で、旗本二人が睨《にら》み合っていた。

「蜂屋殿、少しの間、あの大江戸屏風を預かってくれてもいいではないか。前に町人の出雲屋が預かってくれた品だぞ。恐いものではない」

「篠崎殿、だから、駄目だと言っておるのです。今、付喪神を手元に置くのは、剣呑《けんのん》だと分かっている。それで御身はあれを、わたしに押っつけようとしているのでしょう」

「そ、そんなことはしておらぬ。少しだけ……そう、ちょっとの間、蜂屋殿に持っていてもらいたいだけだ」

篠崎家と蜂屋家の仲ではないかと言われたのに、蜂屋がきっぱり首を横に振ったものだから、篠崎の顔が赤くなる。対して蜂屋は青ざめた顔だが、一歩も引かない様子だ。今にも二人は、取っ組み合いでも始めそうであった。

「一体、何事ですか」

振り返り案内役へ問うたら、いつの間にか家臣は廊下にいなかった。十夜は口を引き結ぶと腹を決め、障子戸をいきなり開け放った。

「蜂屋様、篠崎様、喧嘩《けんか》をされるとはお珍しい。何があったんですか？」

二人は同時に十夜へ目を向け、そのまま動かなくなった。とにかく言い合いは止まったので、十夜は膝《ひざ》を折ると、まずは型どおりの挨拶《あいさつ》をする。

（ああ、この争いのおかげで、あっさり屋敷へ通してもらえたんだな。家臣達では、止め切れなかったんだろう）

すると、だ。旗本達は魂消《たまげ》たことに、引きつり気味の笑みを浮かべると、仲の良い様子を装ってきたのだ。

「おお、十夜ではないか。久方ぶりだな。この蜂屋は、喧嘩などしておらぬぞ」

　すると横から、篠崎も笑顔で話し出す。

「そうそう。ただ例の大江戸屏風をまた、蜂屋家に置いてもらう話を、していただけだ。うん、引き受けてもらえると思う」

　だが笑顔に紛れさせ、篠崎が、己の考えを通そうとしたのは拙《まず》かった。その一言を聞いた途端、蜂屋の顔から、作り物の笑みが吹っ飛んでしまったのだ。

「篠崎殿！　蜂屋家へ、屏風を押しつけてこられては困る。今、はっきり申し上げたではないか！」

　大声を聞いた途端、篠崎が仁王立ちとなる。二人は十夜のことを忘れ、一気に争いへ戻ってしまった。

「しつこいっ、そろそろ折れてくれ」

　腹が立ったと言い、篠崎が屏風を置いたまま、強引に屋敷から帰ろうとする。蜂屋は、それでも引かなかった。

「ならば当家の家臣達に屏風を持たせ、篠崎殿の屋敷まで、運んで行かせましょう」

「くうっ、そこまで言うか！」

篠崎と蜂屋はいよいよ、つかみ合いをしそうになって向き合う。すると。

「にゃん、やっぱりこれ、喧嘩だよねえ。何で付喪神の、押しつけ合いをしてるんだろ」

猫神の声が聞こえたと思ったら、出雲屋の付喪神が、十夜の袖から顔を出す。そして旗本達ではなく、蜂屋が腰に付けていた利休鼠へ、声を向けたのだ。

「利休鼠、久方ぶりだな。ところでお主の主は、何で篠崎殿と揉めているのだ？」

このまま旗本同士が、喧嘩になっては拙かろう。話してくれと言うと、根付けの付喪神が、ぽんと部屋へ姿を現した。

そして持ち主の蜂屋が魂消ている間に、さっさと語り出した。

3

付喪神の利休鼠こそ、ずっと旗本二人の言い争いを聞かされ続け、うんざりしていたのかもしれない。

「ちゅーっ、実は百年君という付喪神の話が、聞こえて来まして。それが、揉め事の始まりのようです」

「百年君！　やっぱり蜂屋様方は、その付喪神をご存じだったのか」

いきなり目当ての名前が出てきたので、十夜が身を乗り出すと、蜂屋は慌てて、己の根付けを止めようとした。しかし鼠の姿になっていた利休鼠は、ひょいと主の手をかいくぐり、十夜の前へ行ってしまった。

「百年君というのは、お武家の明日を左右するほど、凄い付喪神だという話です。それで蜂屋様と篠崎様も、その付喪神の話をよくされていたのですが」

　しかしその内二人は、自分達も付喪神を持っているではないかと、話を逸《そ》らしていった。そしてじき、己の付喪神の、とんでもない使い方を思いついたのだ。

「篠崎様は、ご自分の猫が、大江戸屏風から飛び出してくるのを見ています。だから屏風の中へ出入りすることも、出来るだろうと言い出しまして」

　更に篠崎は、屏風の中は、時が止まっていることを口に出した。そういうところだけは、ちゃんと摑んでいたのだ。

　よって。

「中へ入った方は、止まっている時の中で、ずっと生きていられるだろう。つまり不老不死になると、篠崎様は考えついたんですよ」

　死にたくない者は、大江戸屏風へ入れば、終わらぬ時を手に入れられる。慣れない中での暮らしや、今の世との出入りは、付喪神である利休鼠に世話をさせる！　そして、その代価として、大枚や、素晴らしい地位などを支払ってもらおう。篠崎や蜂屋は、そう考えついたのだ。

「……不老不死？　本当になれるんですか」

十夜が呆然とした声を出すと、ここで篠崎と蜂屋が、にじり寄ってきた。出雲屋には数多《あまた》の付喪神がいる。つまり十夜は、妖の事情を話しても大丈夫な、数少ない相手なのだ。

「もちろん、大丈夫だ。きっと、不老不死になれるさ。多分……そう思わないか？　屏風の中は、描かれた当時のままなのだから」

篠崎は言いつのってくる。篠崎と蜂屋は、大名にだってなれるやもしれないと、夢を語った。

「なあ、素晴らしき考えだろう？　死なずに済むとなれば、人は万金を払う」

十夜は溜息を漏らすと、危うい匂いがすると言い、更に一言付け加えた。

「多分、そう都合良く、事は運ばないと思いますが」

すると二人は驚いたことに、揃って頷いた。

「もちろん難儀は起きるだろう。いや、起きた。我らもさっそく、困ったことになっておるのだ」

ある付喪神の力を借りると、不老不死になれる。大江戸屏風で利を得ようとした篠崎達は、とりあえずそういう噂を流し、事がどう運ぶか様子を見てみたらしい。すると。

噂の付喪神、百年君を厭うた面々が、かつていた。それと似た人達から、大江戸屏風も、世の理《ことわり》に反する妖だと言われ出したのだ。

「百年君は、武家の先々を憂えて作られた品だとの噂なのに、酷《ひど》く言われておるな。しかも、千代田の城へ上がった時耳にしたが、誰も目にしたことがないという」

本当に、この世にあるものなのかという問いに、大名達が控えの間で、首を振っていたという。そんなものより、確かに旗本屋敷の中にあって、しかも本物の付喪神である大江戸屏風の方が、余程頼れる。篠崎はそう言い切った。

「なのに、大江戸屏風の名を出していない内から、悪《あ》し様《ざま》に言うとは酷い。おまけに、何故だか早くも篠崎家が探られたり、脅し文《ぶみ》のようなものが、屋敷へ届いたりしておるのだ」

不思議なことに、大江戸屏風から聞こえてくる声も、大きくなってきたように思える。家人らが前よりも、恐れ始めていた。

「篠崎様、それで大江戸屏風を、蜂屋様へ預けようとなさっていたんですね？」

「一緒に事を始めようというのだ。不都合も、この篠崎と一緒に、被《かぶ》ってくれてもよかろう」

悪口だけでなく、死なない明日を求める声も、既に耳にしていた。大枚も、高い地位も、手が届きそうな所にまで来ているのだ。

「大江戸屏風の中で暮らしたい御仁が増えれば、中で、皆様の世話をする付喪神は、利休鼠一人では足りまい。十夜、お主の所の付喪神達にも、手を貸してもらいたい」

そうすれば、より多くの者を屏風へ入れられる。素晴らしい富を得られる。うっとりと語る篠崎達を前に、赤子の時から付喪神を知っている十夜は、首を横に振った。

そして旗本二人の前で、付喪神達を見た。

「ねえ、みんな。今の話、聞いてたよね？」

大江戸屏風へ入って、人の使いっ走りになりたいかと聞くと、出雲屋の付喪神達は一斉に、阿《あ》呆《ほう》と返してきた。

「絶対に嫌だ。我らは人の下働きではない」

「やっぱり、そう言うと思った」

出雲屋の付喪神達は、小さかった十夜達と否応《いやおう》なく話すようになるまで、店主の清次達とも、話などしなかったと聞く。

「付喪神は、誇り高い面々だものね。阿久徳屋さんだって、あそこの付喪神には甘いのに、よく、そっぽを向かれてるし」

間違っても、人が好きなように使っていい者達ではないのだ。すると野鉄が袖から出て大きく頷き、勝手に話し始める。その目は、旗本達を見ていた。

「あのさぁ、お殿様達。我が前に会った大江戸屏風は、一段と誇り高い付喪神だったけど、大丈夫なの？」

「はて、大丈夫とは、どういう意味だ？」

畳に立つ小さな姿に、正座をした蜂屋が、生真面目に問いを返す。すると野鉄は、大江戸屏風が本当に、己の中へ人を入れるのかと、そう聞いたのだ。

「そりゃ、猫は一度入ってるし、我らも中へ行った。けどさ、それが面白くなかったのか、出る時は随分、苦労したんだ」

どう考えても、己の絵の中へ出入りされることを、大江戸屏風が喜んでいたとは思えない。あの付喪神は、未《いま》だに誰とも……人どころか、他の付喪神とも口をきいていないのだ。

「同じ付喪神で、小さい我らのことすら、その扱いなんだよ。大きな人を、何人も屏風へ入れるなんて、やりそうもないんだけど」

途端、他の付喪神達が、笑い出した。

「野鉄、鋭いな。この五位もそう思うぞ」

「猫神も、同じ考えだ」

付喪神は、妖なのだ。つまり人に都合が良いよう、作られてはいない。動きもしない。

「殿様達、もう一度聞くが、本当に人は、大江戸屏風の中へ入れるのか？」

「それはその……入れなくては困る。実は……何人かの方々から、屏風の中で暮らしたいと、内密に話を頂いておるのだ」

今更、付喪神の中へ入れなかったとは言えない。どう考えても言えない。篠崎達がそう言い、顔を引きつらせてきたので、十夜と付喪神達は、立ち上がった。

そして襖《ふすま》を開け、先ほど大江戸屏風が置かれているのを見た、二つ先の部屋へ進んでいったのだ。

「おいっ、十夜、何をする気だ？　あの、大江戸屏風と、話をしてくれるのかな？　我らの立場を、伝えてくれると嬉しいが」

蜂屋達から、勝手な言葉が聞こえて来たが、十夜は返事をしなかった。その代わり、大江戸屏風の前まで来ると、振り返り、くっついてきた殿様達へ、こう言ってみたのだ。

「お殿様お二人の内、どちらでもいいです。今ここで、屏風の中へ入ってみて下さい」

「は？　どうして……」

「人が屏風へ入れるものか、試してみたらいいと、申し上げているんです」

大枚や地位を得る代わりに、誰かを付喪神の屏風へ入れようというのだ。あらかじめ、一度己もやっておくべきだろう。十夜は最後に一言、言い添えた。

「大江戸屏風から、今の江戸へ戻る為の出口は、画中の、江戸城天守閣に置かれている屏風なんだそうです。周りに見張りの侍達がいるはずですが、怪しい者として捕まったりしないよう、頑張って下さいね」

付喪神の中には、その世界の暮らしがあり、理がある。己はお殿様だと言い張っても、中で勝手が出来るとも思えなかった。

「は？　我らに、天守閣を守る武家達を、出し抜けというのか。無理だ。いやそれより、いきなり絵の中へ入れと言われても」

自分達は今、不老不死を求めてはいないと、二人が泣き言を言い始める。すると野鉄と五位が、すいと部屋の中で飛び上がった。利休鼠と他の付喪神達が、手近にあった旗本篠崎の足を、皆で摑む。

「えっ？　何をする気だ？」

震え声が上がった。だが、それに構わず猫神達が、摑んでいた殿様の足をくすぐった。思わずその体がよじれ傾いた時、野鉄と五位が舞い降り、殿様を背中から思い切り、大江戸屏風の方へ突き飛ばした。

4

昼をかなり過ぎた頃、十夜が両国にある阿久徳屋へ戻ると、丁度悪の親玉親子が、蕎麦《そば》の昼餉《ひるげ》を食べていた。

すると十夜が今日あったことを告げる前に、袖内から付喪神達が飛び出し、腹が減ったと言い出した。十夜は恥ずかしくなり慌てて捕まえにかかったが、付喪神達に甘い悪の親玉は笑って、近くで商っているという、蕎麦屋を店へ呼んでくれたのだ。

「屋台の蕎麦だが、結構うめえぞ。好きなものを、何杯でも食べろよ」

阿久徳屋が上機嫌なので、思わず春夜の顔を見ると、こちらもいささか、人が悪そうに笑っている。そして春夜は、今朝方屋敷を訪ねた時、旗本の篠崎は留守であったと、まずそれを口にした。

「ああ、篠崎様は、わたしが訪ねた蜂屋家に、おいでだったんです」

「おや十夜さん、そうだったんですか。で、屋敷内へ入れなかったわたしは、元締めがいる八田家へ向かったんです」

八田家を訪ねたのは、そちらが近かったからで、たまたまのことだ。だが阿久徳屋の息子だと名乗り、御家人屋敷へ入った春夜は、思わぬ場に居合わせたと話し出した。

八田家は、百俵取りの御家人だと聞いていた。だが春夜が門から入ると、その禄《ろく》高には不似合いな程、立派な駕籠《かご》が玄関前の庭にあった。駕籠には蒔絵《まきえ》で九曜紋《くようもん》が、描かれていた。

（あれは駕籠というより、乗り物ってやつじゃないかな。身分の高い方が乗るやつだ）

　家来に部屋へ通されてみると、案の定、随分と立派な出《い》で立ちのお武家が、阿久徳屋と向き合い、上座に座っていた。

（おや、九曜紋のお武家様、やはりかなり身分の高いお方だ）

　江戸では身なりや髪型、持ち物や使うもので、身分が知れることが多いのだ。阿久徳屋は春夜が来たのを見ると、それは嬉しそうな顔を作った。

「おや、どうしたんだ？　ああ、付喪神の屏風をお持ちの篠崎様が、屋敷におられなかったのか」

　悪の親玉は、丁度息子に会いたかったところだと、大仰なくらい春夜を歓迎したのだ。

（おやおや。元締めったら、妙に機嫌がいい。これは……会えて嬉しいのは、わたし

じゃないかもな）

春夜は義父と並んで座ると、試しに袖の内から巾着《きんちゃく》を取り出し、口を緩めて脇に置いてみた。阿久徳屋は、小さな姿が袋から出るのを見ると、小さく頷いた。それから八田の顔へ目を移し、客を迎え忙しいと、御身は余分なことをする間がない。だから春夜も無事でいられる。良かったと、言葉を続けたのだ。

その妙な物言いに、身分ありげな客人は、すっと片眉を引き上げた。一方八田は慌てた様子で、阿久徳屋へ怒りの顔を向けてくる。

「阿久徳屋、何だその言いようは。お主が、百年君のことを承知しており、是非耳に入れたいことがあると言うから、屋敷へ入れたのだ。客人がおいでだったのに、だぞ」

なのに先ほどから、阿久徳屋はやたらと八田に、絡んだ物言いをしてくる。何のつもりだと、八田は睨んできた。

だが阿久徳屋は、全く恐れ入らなかった。

「実は、付喪神と縁のある、この阿久徳屋や知り合いが、最近剣呑な目に遭ってましてね。襲ってきたのは、揃って武家でした」

「ほう、お主は付喪神と親しいのか」

急に、九曜紋の殿様が口を開き、阿久徳屋は頷いた。そして、自分は捨て子で、入れられていた籠《かご》の中に、刀の大小が添えられていたことを、ここでも話したのだ。丸に橘《たちばな》の紋と、下り藤の紋が、それぞれの刀に付いていたことも告げた。

「その刀がね、何故だか付喪神だったんですよ。その為か、うちの店には他にも、妖が寄ってきております」

たとえ妖であっても、縁あって出会ったのだから、店にいてもらっている。付喪神達なので、阿久徳屋が好きなように動かせるわけではないのだが。

そして最近、己は道で襲われた。それは手元に付喪神がいるからではないかと、阿久徳屋は思っているのだ。

「付喪神がいると、何故危うくなる？」

「九曜紋のお武家様、わたしどもは、自分がお武家に襲われた訳を探ってました。その時、百年君という付喪神のことを耳にしまして」

武家の為に作られた名品らしく、そろそろ付喪神となる頃だという。よって今、捜している武家も多いとのことであった。

すると。時を同じくして、付喪神や阿久徳屋達へ、手を出して来る者が出てきたのだ。

「紋付きの刀と共に捨てられた赤ん坊が、しぶとく生き抜いたから襲われたのか。それとも、付喪神と縁があったんで、襲われたのか」

どちらにしても腹の立つ話だが、一つ確かなことがあった。襲ってきた相手は、阿久徳屋親子の名を承知していたのだ。

「店と名を違えておりますんで、手前の呼び名を知っているお武家様は、少ないんですよ。そして、その中のお一人が、八田様だ」

だからねぇと、阿久徳屋は目を光らせた。

「ええ、八田様が知り人に、手前を襲わせたんじゃないかって、大いに疑ってます」

客の前で正面から疑われて、当の八田が癇癪を起こし、立ち上がる。

「何でこのわしが、お主を襲わせねばならんのだ。訳を言うてみぃ！」

すると。

「訳は、この書き付けに書いてあるのかな」

ここで思いも掛けない辺り、阿久徳屋の後ろから、声が聞こえてきた。

九曜紋のお武家が目を見開き、八田が言葉を失っている間に、小さな姿が現れ、阿久徳屋へ書き付けを渡す。悪の親玉は、阿真刀から紙を受け取ると、それに書かれていたことを読み上げ始めた。

〝本日は巳《み》の刻、八田家に客有り。百年君の件で来る。新たな一報、今日はなし〟

「は？　おやその紙は、八田殿の書き付けか？」

九曜紋のお武家が身をのり出して言うと、八田が慌てて己の袖を確かめ、じき、顔色を青くする。一方九曜紋の殿様は、興味津々の眼差《まなざ》しを、小さな阿真刀へ向けた。

「これが、付喪神か」

「我がそうだ。今、八田様の袖内から、書き付けをちょいと拝借した」

阿真刀が堂々と言うと、九曜紋の殿様が笑い出した。そして阿久徳屋を見て、八田は自分の為に、付喪神である百年君のことを、調べているのだと告げてくる。

「しかし八田殿は忙しい。阿久徳屋やお主達付喪神を襲う暇は、無かろうと思うのだが」

「お殿様、そうでもなさそうだぞ」

その声と共に、今度は八田の後ろから、また小さな姿が現れてきた。とことこと走って、二枚目の紙切れをまた阿久徳屋へ渡すと、それを見た八田が、今度は声を震わせた。

「何と……いつの間に」

「今、取った。阿真刀のことばかり見てたから、この加羅刀が、袖から新たな書き付けを頂いても、気が付かなんだのだ」

ここで新たな書き付けを読んだ阿久徳屋が、悪の親玉たる所以《ゆえん》を大いに見せた。書き付けに書かれた途切れ途切れの言葉に、己の推測と、盛り場の元締めとして耳へ集めた話を重ね、話を作ってしまったのだ。そしてそれは八田にとって、誠に都合の悪い話として出来上がっていた。

「おんやぁ、八田様は今、百年君についてお調べで、余裕がないはずですよね？」なのにどうして、誰が次の町奉行になるのか、今、両国の盛り場でも話に良く出るあれこれを書いているのだろうか。興味が湧くと、阿久徳屋は言い出した。

「どなたになるのか、主に御武家方が、三人の名を噂されていますね。ええ、八田様の書き付けに書いてあるのは、そのお三方の名だ」

名前の下に並んでいるのは、それぞれを推す者達の名だろうか。

「おや八田様は、白石《しらいし》様推しなんですか」

すると九曜紋の殿様が、ほほうと声を漏らしたので、八田の顔が仁王像に似てくる。

「ああ、怒っておいでか。でもですね、白石様は、袖の下がお好きなことで、有名なお方なんですよ。いくら親しいからって、八田様、あの方をお奉行様にしちゃ、拙いんじゃないですか？」

ちなみに白石は、両国に来る武家達が噂している額の、三倍くらいは怪しい金を集めていると、阿久徳屋は言い切った。

「手前はこれでも、阿久徳屋と言われております。ええ、蛇の道は蛇、人の懐に入る黒い金には、詳しゅうございまして」

「よっ、悪の親玉！」

ここで小さな付喪神達が、二人で声を掛けたものだから、九曜紋の殿様が笑い出した。

「これはこれは。阿久徳屋、お主、白石殿のことを、しっかり承知しておるようだ。あいつが懐に入れた袖の下は、お主が言ったように、噂の三倍で当たっているだろうよ」

「えっ？」

驚いた顔の八田が、言い訳を始め、己への目配りがまた甘くなる。目立つ阿真刀と加羅刀にばかり目を向けていた為か、気が付いた時、八田は更に他の付喪神達から、書き付けを抜かれていた。

それを春夜が、束にして阿久徳屋へ渡す。八田が言い訳をする声が強《こわ》ばったが、阿久徳屋はかまわず、書き付けを読みあげていく。そして六枚目が、出雲屋と阿久徳屋を襲った者らへの、支払いを記したものだろうと口にした。

それから、突然怒った。

「安い！　おれの命の値は、こんなに安値なのか。これは春夜と合わせ、二人を襲わせた値だろうに」

阿久徳屋が、書き付けをわし摑みにし、部屋内で腕を振り回して怒っている。すると、口を大きく開けた八田は、情けなくも、己の悪事を白状してしまった。

「いや、それは……あの十夜という若いのと、合わせて三人を襲わせた値だ」

「えっ？　こんな値で、三人分？　侍達、よく人を襲う仕事を引き受けてくれたな」

阿久徳屋が呆然とし、本当に安すぎると言って立ちつくすと、九曜紋の殿様が、今度こそ耐えきれぬ様子で大笑いを始めた。

「わはははっ、いや、笑えるわ。阿久徳屋、お主、気に入ったぞ。本当に、気合いの入った悪の親玉だわ！」

「そいつは、どうも」

褒められたというのに、九曜紋の殿様が余りに笑い続けているものだから、阿久徳屋は妙に納得できない顔で、口をへの字にしてしまった。

九曜紋の殿様は、その内ようよう笑いを収めると、阿久徳屋の方が、余程使い出がありそうだと言って、ちらりと八田へ目を向ける。

「お主、誰から何を頼まれたか知らぬが、もう、この悪の親玉へ手を出すのは止めよ」

この後阿久徳屋は自分が使うからと、九曜紋の殿様は勝手なことを言い出した。

「阿久徳屋、とりあえず百年君は、お主に捜してもらおう」

目を阿真刀達へ向け、この世には、本当に付喪神がいるようだからと、言葉が続く。

「八田から、我が屋敷のことなど聞いておけ」

しかし阿久徳屋はここで、あっさりつれないことを口にした。

「ああ、九曜紋の殿様、そのお頼みは、引き受けられねえんですよ」

百年君が見つかったら知らせると、既に他の殿様と約束しているのだ。阿久徳屋は、金を貰った決まり事を、破る気はなかった。

「春夜達へ持たせる、少しばかりの銭を貰っただけなんで、損した気もしますが。でも、約束は約束だからね」

「ほお、誰に百年君のことを、教えると言ったのかな」

「山白家のお殿様。大身旗本の伊勢守様だ」

「ああ、あの静かな男か。何と、あの御人は悪の親玉と、知り合いなのか」

そういう男には見えないがと、九曜紋の殿様は目を瞠《みは》った。阿久徳屋はにこやかに言った。

「山白様のお屋敷の、屋根裏で出会ったんですよ。おれ達、屋根裏友達なんです。お姫様とも、屋根裏で会ってるんだぜ」

途端、春夜はぴしりと言った。

「元締め、姫様がそんな所にいたなんて、余所で話すもんじゃありません。駄目ですよ」

「おっと、いけねえ」

慌てて息子へ謝る姿を見て、九曜紋の殿様は、何故だか楽しげな顔をしている。そして不意に、阿久徳屋へ問うた。

「伊勢守殿は、使える男か？」

「ああ、あの殿様は、目立たないが肝が据わってるよ。考え方も、しっかりしてる」

「ならば百年君のことが何か分かったら、伊勢守殿に伝えればいい。わたしは伊勢守殿を、使うことにしよう」

「あの殿様と、後払いの褒美を約束してるんだ。増額、よろしくな。九曜紋のお殿様が誰なのかなんて、ここで聞いて困らせたりしないからさ」

　言いたいことを言うと、ならばこれで用は済んだと、阿久徳屋は立ち上がって伸びをした。部屋には既に、付喪神達の姿はなく、皆、春夜の袖内へ戻っている。

　だが、廊下へ踏み出そうとした阿久徳屋は、ひょいと振り返ると、座り込んでいる八田を見た。そしてふてくされたような顔へ、丸に橘の紋と、下り藤の紋について、話したいことがあると言ったのだ。

「おれぁ、とうの昔に、刀に付いてた紋のことは忘れてたんだ。後でわざわざ思い出す奴《やつ》がいるから、余分な騒ぎになるんだぜ」

　まあ赤子を捨てた側は、それを忘れられないものかもしれないなと、阿久徳屋は言葉を続ける。とっくに育って、もうどこにもいない赤子の顔が、いつまでも消えないのだ。

「だからさ、誰だか知らんが、紋を気にしてる奴に伝えればいい。八田様が説得をし、金も摑ませた。よって阿久徳屋は、金輪際紋のことは思い出さないと約束してくれた。そう言えばいいんだ」

「なんと、構わないのか？」

「それで八田様の顔は立つだろ？　幾らか礼金も出るはずだ。そいつを、先方に言葉を伝えてくれることへの、礼として貰ってくれ」

　そしてそれで、阿久徳屋達が剣呑な者達と出会うことは、無くなるはずなのだ。

「……分かった」

　長い話が終わり、八田家から出たところで、親子は腹の虫を鳴らし、昼餉をまだ食べていないことに気が付いた。一膳《いちぜん》飯屋へでも寄っていこうかと話し合ったが、出雲屋からの知らせが、阿久徳屋へ入るかもしれない。

　それで急ぎ帰ったところ、案の定、二人が蕎麦を食べている時、十夜と付喪神達が顔を見せて来たのだ。そして屋台の蕎麦屋が、呼ばれることになった。

　阿久徳屋達の方の顚末《てんまつ》を聞いて、十夜や付喪神達は、大いに楽しんだ。

「もう一杯、今度は花巻《はなまき》蕎麦を下さい」

　蕎麦にたっぷりと海苔《のり》を散らしてもらってから、次は十夜が、蜂屋家へ行った時の話を、阿久徳屋達へ語る。

　そして十夜は最後に、大江戸屛風と旗本達がどうなったのかを話した。

「付喪神達が篠崎様の足下へ悪さをし、よろけたその背を、野鉄達が押したんです」

篠崎は大きくよろめき、大江戸屏風へ倒れかかった。そして……屏風の中へ入ることなど出来ず、そのまま屏風と一緒に、畳の上へ転がったのだ。

大の男が屏風の上へ突っ伏したものだから、屏風の端が壊れ、絵にも傷が付いた。

「途端、大江戸屏風から聞こえていたざわめきが、ぴたりと止まってしまったんです。篠崎様は、大事な拝領品を駄目にしてしまったと、悲鳴を上げました」

　ここで野鉄が、親子蕎麦から顔を上げた。

「でもさ、屏風に付いたのは、大きな傷じゃなかった。端のところも、職人に頼めば綺麗《きれい》に直るだろう。屏風は大丈夫だ」

出雲屋の付喪神達は頷く。ただ、天ぷら蕎麦を食べていた月夜見は、こう断言した。

「大江戸屏風は、そもそも中へ余所の者を入れるのが、好きではないのだ」

　つまり、だ。

「今回、大江戸屏風は、己の扱いに、相当怒ってるぞ」

旗本達は付喪神である屏風を、金と力を得る為に使おうとした。大江戸屏風は付喪神なのだ。武家達が語ったことは全て聞こえていると、月夜見は続ける。

「この先、大江戸屏風は、中へ人を入れることなど、まずあるまいな」

蜂屋と篠崎、二人の旗本の目論見《もくろみ》は、霧散《むさん》するわけだ。

「お二人とも、お気の毒様」

悪の親玉が楽しそうに言い、こちらももう一杯、今度はしっぽく蕎麦を頼むと言った。

5

十夜と、阿久徳屋の親子が、大江戸屏風と、家紋の難儀に、けりを付けた後のこと。最後に残った大きな疑問は、百年君のことのみとなった。

するとその謎に、一つの道筋を示したのは、先日は店に残らねばならなかった、清次であった。清次は出雲屋へ帰ってきた十夜から、まずは終わった大騒ぎについて、帳場でじっくり話を聞いた。

そしてその後、己が店の帳場で考えていたことを、息子へ語ったのだ。夕刻も近い出雲屋には客の姿もなく、のんびりした一時であった。よって出雲屋の棚で、今日も付喪神達が、清次の話を聞いていた。

「おれは百年君について、ずっと考えてたんだ。何の付喪神なのか、とか。話だけしか分からない付喪神がいるなんて、不思議だよな」

しかし、どういう品であるにせよ、付喪神になる為には、百年、人から大事にされていなければならない。それだけは確かなのだ。

「だから百年君は、ずっと人の側《そば》にいるんだ。百年君のことを、知っている人はいる」

名品の世話をしているのだから、最近百年君が噂になっているのは承知に違いない。

しかしその者達は、噂を聞いても黙ったまま、人に伝えていないのだ。

「どういう人なんだろ」

不思議な気がしたと、清次はつぶやく。

「次に、百年君は、どんな見た目をしているのか、考えてみた」

「見た目？　おとっつぁん、考えたら、知らない付喪神の形が、分かるの？」

「おれは、大きさなら、考えつくんじゃないかと思った」

どうやるのかは分からないが、その付喪神がいることで、武家の先々を救おうというのだ。小さな根付けほどの大きさでは、日の本中にいる武家へ手をさしのべるなど、思いも寄らないだろう。つまり。

「その付喪神は、結構大きいに違いない。しかも大江戸屏風のように、大勢が集って出来ている物じゃないかな。そういう気がしたんだ」

武家の数は多い。だからその者達を救う付喪神も大勢必要だろうと、清次は口にした。

「うん、そうだね」

十夜も頷く。

「江戸で、百年君のことが噂になってるんだ。江戸で作られて、そのままこの地にいるんだろう。となると、居場所も限られてくる」

百年経たねば付喪神に成れないのだ。だから百年の間燃えないよう、なるだけ安心できる所に置かねばならない。

「おとっつぁん、長屋じゃ無理だよね」

「武家屋敷でも、住人がしょっちゅう変わる、侍長屋のような所は駄目だな」

町中の店にも、置き場はない。大きな店なら広さはあるが、毎年奉公人が来て、人が入れ替わる。付喪神になりそうな名品が、百年の間置かれていたら、とっくに噂になっていそうなのだ。

清次は出雲屋の帳場で、腕を組んだ。

「おれが思いついた場所は、三つかな。作った者は、播磨の出だというから、まずはそこの大名屋敷だ」

二つめは何と、千代田のお城だという。

「作った後、献上したかもしれん。お城が火事になったことはあるが、他よりは大丈夫だという気がする」

そして、もう一つは。

「大きな寺だ。広い土地に建っているから、火を貰いにくそうだ。それに、大きな品であっても、寺の奥にあれば目立たないだろう」

名品の世話も、僧から僧へ受け継いでもらえそうだ。すると、清次が挙げた三カ所の中から、十夜が直ぐ、一つを選んだ。

「おれ、寺だと思うな」

大名屋敷に百年君を置くなら、目指すのはその藩の藩士達を救う、という形になりそうで、武家を救う、というのとは何か違う。

千代田のお城は、大いにありそうであった。だが城にある品は、誰かへ下賜されることがあり得る。大江戸屏風だとて、徳川の紋が付いている品なのに、今は篠崎家へ来ているのだ。

「その点、お寺であれば、御坊に事情を伝え、長く守ってもらえそうだもの」

寺なら店とは違い、余程のことがなければ、江戸から消えてなくなりはすまい。親子は顔を見合わせると、大きく頷いた。

ただ。ここで清次は、顔をしかめる。

「寺は、江戸には本当に沢山ある。さて、どこの寺へ、大事な百年君を納めたのやら」

播磨の大名家の、菩提寺《ぼだいじ》だろうか。それとも、火事から守ることを一番に考え、周りが田畑に囲まれているような、少し田舎めいた場所にある寺を、選んだか。

それとも？

するとここで十夜が、一つの寺の名を挙げた。清次は考えてもみなかったようで、目を見開き……そして直ぐ、頷いた。

「けどなぁ、おれ達じゃ、その寺の内を確かめることなんか、出来ないだろうな」

疲れたように、つぶやくことになった。


後日のこと。清次と十夜はある朝、舟に乗ることになった。山白家当主、伊勢守様のお供をし、上野の寺へ向かったのだ。

他にも阿久徳屋親子と付喪神達が、一行に交じっている。伊勢守が上野の大きな寺へ着くと、九曜紋の殿様が先に来て待っていた。

東叡山寛永寺。江戸でも知られた名刹《めいさつ》であった。本堂ではなく、暫《しばら》く歩いた先の堂《どう》宇《う》へ向かうと、途中から、他の参拝者の姿が消えた。この広大な寺は、将軍家の菩提寺ゆえ、お参り出来ない場所も多くあるのだ。

清次と十夜は寛永寺に、百年君があるのではと思いついた。江戸でも一に大きく、権威があり、どこよりも守られている寺にあるはずだと思ったからだ。

しかし、町人では奥へは行けない。よって清次はまず、阿久徳屋へ相談したのだ。

すると、そこから話は山白家へ向かった。更に、九曜紋の殿様へ伝わったらしく、何故だか早々に、寺へ参拝に向かうことになったのだ。

どの堂宇へ、どうやって行ったかは直ぐに忘れてしまえと、堂宇の中へ入る時、殿様達から言われた。入った堂宇から、長い廊下を、ひたすら歩んで行くことになった。

すると、行く先の見当も付いていなかった時、袖内から野鉄と五位が、突然飛び立った。それに素々女が加わって、僧達が小さな声を上げている間に、堂宇の先へと飛び去る。野鉄達は一時皆から離れて、見えなくなった。

だがじきに戻ると、ぐるりと円を描いて、野鉄は十夜の肩へ降り立った。この先にいる、そして大きいと、目を見開いて語り始めた。

「こんなに大きな付喪神を見たのは、我は、初めてだ。部屋の襖、壁、天井に至るまで、びっしりと絵が描かれてる。それが全部、付喪神になってるぞ！」

皆が急ぎ足になると、直ぐにその百年君が、廊下の脇に、障子に、天井に現れてくる。ほらと言って、野鉄は肩の上で天井へ目を向け、その内反り返り過ぎて、ひっくり返ってしまった。

「この大きな付喪神の絵の中には、それはそれは大勢の、付喪神達がいるみたいだ！」

野鉄が、付喪神となっている大江戸屏風の中で見た、武士や町人のような者達だ。

「今、目に出来たのは、廊下伝いや、襖が開いていて、中へ入れた部屋だけだ。多分、ずっと多くの付喪神達が、この寺の奥にいるんじゃないかな」

野鉄の声は、うわずっている。

すると五位が清次の腕に降り立ち、百年君の中には、人だけでなく、それは沢山の物もあるようだと口にする。破れて読むことは叶《かな》わなかったが、大江戸屏風の中には、信長公のことが書かれた書まであった。

「きっと百年君の中には、とんでもない物もあるはずだ」

「信長公について、書かれた書だと？」

途端、九曜紋の殿様と、伊勢守が顔を見合わせている。

「大江戸屏風の中は、面白かった。けど、怖くもあったよ」

五位がここで言葉を切ると、いつの間にか、皆の足下を歩いていた猫神が、みゃあと声を上げた。他の付喪神達の声も、あちこちから湧いた。

「にゃん、この障壁画の内に入ったら、上野のお寺よりずっと広いところへ、出るんだろうな」

「そうね。迷子になりそう」

「お姫と同じく、月夜見は、ここへは入らぬ。この百年君へ通じる道を開ける者は、覚悟が必要だろうよ」

百年君を作った者は、武家の衰退を憂え、それを何とかしたいと願っていたと聞く。

この付喪神は、江戸が作られた後、商人達がのし上がった二百年程の時を、覆《くつがえ》す為に作られた代物なのだ。

「ああ、百年君は大いに頼もしい。そして、怖い」

月夜見が口にした、その時だ。僧と皆の歩みが、突然止まった。そして、何故だか揃って、横の襖の方を向く。

全員が、立ちすくんだ。絵に描かれていた者達が、一斉に廊下の面々へ、目を向けてきていたのだ。

「うっ」

睨まれたわけではない。絵の内で、笑った者とていなかったと思う。ただ多くの眼差しが、殿様達や、そのお供へ向けられた途端、付喪神達が一斉に、袖内へ飛び込んできたのだ。

十夜は言葉が出なかった。百年君に慣れているはずの僧ですら、言葉もなく立ちすくんでいる。一行は寸の間、動くことも、話すことも出来なくなってしまったのだ。

そして。

最初に動き、同時に口を開いたのは、九曜紋の殿様と、阿久徳屋であった。

「やれ、大変な代物だな」

その内、付喪神達も袖から出てきて、何故だか十夜や春夜の頭を、ぺしぺしと叩《たた》いている。じきに清次は、ほっと息を吐《つ》くと、殿様達へ声を掛けた。

「我ら武家ではない者まで、思いがけず、百年君を見せて頂きました。もう十分です。この辺りで寺から出ることにしましょう」

　そろそろ引き揚げる時だと、絵の内から言われている気がする。清次がそう言うと、僧が頷いたのを、十夜は見た。

（この後、百年君とどう付き合っていくかは、作りだした側の武家達が、己で決めていくんだね）

　明日を懸け、決断することとなのだろう。決断を間違えると、己の首を絞めそうなしろものであった。

「おや、もっと見たいのに。つまらんぞ」

　阿久徳屋が一人、百年君からの眼差しなどものともせず、立派な廊下でごねだした。

　しかし、春夜がさっさとその場から去ると、息子は冷たいと言いつつ、自分も後を追っていく。

　殿様達と百年君から、十夜達は遠ざかっていった。

（あの付喪神達とは、もう二度と会うことはないんだろうな）

　歩みを進めると、十夜には、それが不思議な程はっきりと感じられた。

　今日、寺の奥まで連れてきて頂けたのは、多分、出雲屋や阿久徳屋の付喪神達に、百年君が本当に付喪神になっているかどうか、見極めさせる為に違いなかった。

（ああこれで、付喪神の騒ぎも終わる。お武家に襲われることも、もうないんだ）

この後は、いつもの毎日が戻ってくるのだ。帰りに付喪神達の為、饅頭を奮発しようと、十夜は思い立った。

寺の庭へ出ると、上野の空が、とても高く見えた。

神田川まで歩き、舟に乗った時、春夜達と共に、十夜は、ようよう総身から力を抜いた。

終

ああ、御身は以前、我らに会いに来てくれた御仁だな。どうだった？　付喪神と一緒にいる日々というのも、悪くはないだろうが。

うん、きっとそうだと思う。この五位は、勘が鋭いのだ。

それで、だ。上野の寺から戻った後、出雲屋がどんな具合か、御身へ伝えておこうと思ってな。で、こうして話しているわけだ。

お紅と清次は、相変わらずだ。仲良くせっせと、仕事をしているよ。一つ変わったことと言ったら、阿久徳屋が何故だか、時々出雲屋へ来るようになったことくらいだ。

阿久徳屋にも、付喪神達がいる。だから、たまには出雲屋へ連れてきたり、あいつらの話をするべきだと、悪の親玉は勝手を言っているのだ。

清次は今回の騒ぎについて、日頃仲の良いすおう屋や鶴屋へも、あまり話していなかった。何しろお武家が絡んだ話であったし、日頃付き合ったことの無い、お殿様まで関わっていたからな。憚ったのだ。

だがそのせいで、清次は今頃になって、薄情だとか、気配りが足りないとか、友二人から責められてしまってる。頭を抱えてるよ。

　そして十夜はというと、市助の怒りを総身に受け、ひたすら謝る毎日を過ごしているのだ。

　あん？　いや、阿久徳屋の騒ぎの件で、市助が癇癪を起こしてるわけじゃない。実は、な。二人の幼なじみで、鶴屋のこゆりのところへ、縁談が来ていたのだ。

　こゆりはまだ早いと言ったし、鶴屋も頷いたので、今回の縁談はまとまらなかった。しかし、だ。十夜のことに気を取られ、こゆりの縁談に気付かなかった市助は、己が許せないらしい。それで、十夜へ八つ当たりしているんだ。

　十夜は母へ、こゆりが初めての縁談を決めなくて、ほっとしたと言ってたな。だが清次は、市助と競う気なら、大急ぎでいい男にならなきゃ駄目だろうと、息子をからかった。

「市助はやっぱり、こゆりが好きなのかしら」

　十夜はそれから、出雲屋の帳場で悩むようになったが、ある日阿久徳屋が、春夜と一緒に出雲屋へ顔を出し、店表《たなおもて》で、その悩みを打ち壊していった。悪の親玉は世間のことを、それはよく知っているんだ。

「おや十夜は、鶴屋の娘、こゆりさんを好いてるのかい？　で、すおう屋の市助さんも、同じ気持ちだろうと、気を揉んでるってわけだ」

ならば心配は要らないと、悪の親玉は言い切った。

「料理屋鶴屋のこゆりさんには、確かもう、好いた相手がいるよ。そう、お客として店へ来てた、同じ料理屋、秋草屋《あきくさや》の息子さんだ。浩吉《こうきち》さんと言ったっけ」

友の市助に、好いた子を取られることはないよといい、阿久徳屋がからからと笑ったものだから、春夜が間髪を容《い》れず義父を叱った。連れてきていた阿真刀達から溜息をつかれ、阿久徳屋はしゅんとしたが、可哀想なのは十夜だったな。

秋草屋の息子殿が、こゆりの思う相手だとすると、そっちはまとまりそうな気もするからね。

そこへ市助が来たものだから、懲りない阿久徳屋は、また浩吉の話をして、加羅刀から刀を突きつけられた。

十夜達が、揃って酷く落ち込んだので、春夜が阿久徳屋の懐から、財布を引っ張り出した。そして付喪神達と楽しんで、気を晴らしてくれと、幾らか差し出したのだ。すると、だ。阿久徳屋がもっと沢山金を並べ、何と、自分も付喪神達との宴《うたげ》に入れてくれと、言ってきた。

信じられんだろ。駄目だと言ったのに、なかなか悪の親玉は引かない。その内、清次が言い合いに気が付き、話に加わった。

その話が長くなってしまったんで……じきにお紅が気をつかって、腹の虫をなだめるのに、焼き芋を出してくれた。すると何故だか、阿久徳屋が表をゆく振り売りから、酒やつまみを買い、宴が始まってしまったんだ。

店を早めに閉めることになって、阿久徳屋の飲む酒を買いに出た市助が、すおう屋へ一度戻り夕餉は出雲屋で食べると親へ言付けた。すると父親の佐太郎までが、つまみ片手に、出雲屋へ顔を見せてきた。

市助と十夜が、こゆりに振られそうだから、慰めに宴を開くと阿久徳屋がばらし、佐太郎が思わず大笑いをして、息子から睨まれた。

皆が止め、笑い、泣きそうになって、飲んで食べて、長いこと騒ぐことになったのだ。

あれは、良い半日だった。けどね、それからというもの、阿久徳屋がたびたび我らと十夜達の宴に加わろうとするので、ちょいと迷惑ではある。

阿真刀達や春夜も来るから、いいんだが。まあ、そうやって、また毎日が続いているってことさ。

うん、我らは立派な付喪神だから、悪の親玉が、突然店に現れるようになっても、上手《うま》くやってるんだ。

御身も我らと時々、一緒に騒いでくれ。

ああまた、面白いことが起きるに違いないよ。

解説　つくもがみには「市井もの」がよくにあう

高《たか》橋《はし》　敏《とし》夫《お》

空気がちがう。言葉がちがう。世界がちがう。

畠中恵《はたけなかめぐみ》ワールドに接するたび、最初の出会いがあざやかによみがえる。

刊行されてすぐ『しゃばけ』を読んだわたしは読書メモに、「空気がちがう。言葉がちがう。世界がちがう」と書きつけ、「超病弱の若だんなと、愉快な妖怪《ようかい》たちがともに難事件を解決する変格江戸《えど》市井ものの誕生！」と記した。

『しゃばけ』が第一三回日本ファンタジーノベル大賞優秀賞を受賞したのは、二〇〇一年、作品の刊行は同年暮れだった。九月にアメリカで同時多発テロが起き、「新しい戦争」へのやみくもな熱狂が世界中をつつみこもうとしていた。

共感をこめ「変格江戸市井ものの誕生！」と記したのはわけがあった。ちょうどそのころわたしは二年近くをかけ、歴史時代小説の主流を「武家もの」から「市井もの」へと転じさせた藤沢周平《ふじさわしゅうへい》をめぐる書下ろしをすすめていたからだ。『しゃばけ』の少し後に出した『藤沢周平　負を生きる物語』の帯には、渋る編集者に頼みこんで

「戦争嫌い、熱狂嫌い、流行嫌い」という言葉をいれてもらった。「新しい戦争」の時代のただなかにあらわれた、まったく新たな「市井もの」の登場に、わたしはつよい共感をおぼえたのである。

　私見によれば、バブル経済崩壊後の一九九〇年代前半にはじまる時代小説ブームは、藤沢周平を第一の表のひっぱり役とし、背後に山本《やまもと》周五郎《しゅうごろう》のいる「市井もの」を中核としたブームだった。「市井」とは「人家の集まっている所。まち。ちまた」（『広辞苑第六版』）のことで、時代小説の「市井もの」は、「町人もの」「庶民もの」ともよばれてきた。

　歴史時代小説にかかわる戦後のブームは、五味《ごみ》康祐《やすすけ》と柴田《しばた》錬三郎《れんざぶろう》の剣豪小説ブーム（一九五〇年代後半）、村山知義《むらやまともよし》、山田《やまだ》風太郎《ふうたろう》らの忍法小説ブーム（一九六〇年前後）、そして、井上靖《いのうえやすし》や司馬《しば》遼太郎《りょうたろう》らの歴史小説ブーム（一九六〇年代初め～七〇年代初め）とくりかえされたが、「市井もの」が中心の時代小説ブームは初めてだった。「市井もの」ブームに顕著なのは、戦国武将讃《さん》、英雄豪傑讃、弱肉強食讃はもとより「武家もの」全般への根底的な疑いをばねにした、市井の生活者の日々の称揚である。いいかえれば、武家社会の垂直的秩序の否定と、日々の生活の困難にたいし水平的にむすびつく人間関係の肯定である。

山本周五郎が戦後すぐ、死に急いだ戦中への深甚な反省からうみだした長篇『柳橋《やなぎばし》物語』で開始し、やはり戦後に熱狂嫌いで戦争嫌いとなった藤沢周平がうけつぎ独特に発展させた「市井もの」は、このときすでに杉本章子《すぎもとあきこ》、宮部《みやべ》みゆき、山本一力《やまもといちりき》、諸《もろ》田《た》玲子《れいこ》らに継承されていたが、そこに畠中恵が、妖《あやかし》と人が日々の生活でつながる奇想天外な『しゃばけ』で加わった。藤沢周平が亡くなって四年後、「市井もの」は、新たな展開をみせたのである。

『しゃばけ』がシリーズ化され『ぬしさまへ』、『ねこのばば』などへとユーモラスかつ順調に進展するなか、深川《ふかがわ》の小さな古道具屋兼損料《そんりょう》屋（今でいえばレンタルショップ）の出雲屋《いずもや》を舞台に、みずから「つくもがみ（付喪神）」を名乗り小さく愉快な妖が次つぎに登場する『つくもがみ貸します』が二〇〇七年に出た。二〇一三年の『つくもがみ、遊ぼうよ』、そして二〇一九年の本作『つくもがみ笑います』へとつらなる「つくもがみ」シリーズのはじまりである。

「しゃばけ」シリーズの主人公で、廻船《かいせん》問屋兼薬種問屋長崎屋《ながさきや》の超病弱な若だんな一《いち》太郎《たろう》が、手代の佐助《さすけ》（犬神）、仁吉《にきち》（白沢《はくたく》）をはじめ多くの妖、また付喪神らに守られているのは、祖母が大妖であったからだが、「つくもがみ」シリーズに登場する人びとは妖ではない。いったい人にとって、妖とは、つくもがみとはなにかが「しゃばけ」シリーズにましてこのシリーズでは問われていた。

　畠中恵は、エッセイ集『つくも神さん、お茶ください』におさめた「妖との出合い。」のなかでこう述べる。江戸時代の本『画図百鬼夜行』には、人を食い火事を起したりする恐怖の妖がいて、そこまではいかないまでも異形の妖がいるが、さらに恐怖から遠い妖たちも数多《あまた》でてくる。「この力の入らないユーモラスな妖の一団を見ると、妖が人と共に、日々の暮らしの中にあったことを示しているようで、とても癒《いや》されます。（中略）まるで妖が隣人たる者のようで」。

「つくもがみ」シリーズに登場する、蝙蝠《こうもり》の形をした古い根付けの野鉄《のてつ》、同じく根付けの猫神《ねこがみ》、煙管《キセル》の五位《ごい》、掛け軸の月夜見《つくよみ》、姫様人形のお姫《ひめ》、櫛《くし》のうさぎなど、おなじみの面々は、怪異は怪異でも恐怖からはるかに遠い妖たちである。それぞれ生まれてから一〇〇年以上も人に大切にされてきたつくもがみは、人が日々をともに生きる相棒であるとともに、途切れがちの人の生に持続をもたらしてくれるなにかでもある。人がつくもがみを生みだし、つくもがみが人の生活の連続性を支える、といってよい。

　しかし、「つくもがみ」シリーズは、本作で意外な展開をみせもする。

　第一作では、出雲屋をきりもりする若いお紅《こう》と清次《せいじ》の関係の行方が主にたどられ、第二作では、清次とお紅の養子となった十夜《とおや》とその友たちがつくもがみに親しんでいくさまがえがかれる。ほとんどが町人相手の損料屋ゆえに、これまで武家の登場はまれだった物語に、本作では怪しげな武家たちがどっとなだれこむのだ。

町人世界と武家世界をつなげるのは、みずから「悪の親玉」と称して堂々と登場する阿《あ》久《く》徳屋《とくや》である。町人世界の闇をいきる阿久徳屋は同時に、武家世界の闇ともかかわる。町人世界と武家世界の境界を自由に行き来し、片方にいてはけっして見えない、出会えないなにかに直面させる。そんな阿久徳屋と、これまた旗本の型破りな殿様によってあきらかにされるのは、「百年君《ひやくねんくん》」と名づけられる巨大な付喪神だった。

百年前、江戸で商人たちの勢力拡大を憂えたある武家が、武家の世が続くことを願いつくったもので、やがて付喪神となって出現したとき、武家世界を再興させるであろう存在というわけだが、「百年君」とはなんとも、「君」を頂点とした武家世界の垂直的秩序をよくあらわす名ではないか。

徳川《とくがわ》家の菩《ぼ》提寺《だいじ》、東叡山寛永寺《とうえいざんかんえいじ》で付喪神「百年君」のおどろくべき醜悪な姿に直面した十夜は、（この後、百年君とどう付き合っていくかは、作りだした側の武家達が、己で決めていくんだね）と突きはなし、（もう二度と会うことはないんだろうな）と思う。

そのとき、十夜は、付喪神は付喪神でも、小さく愉快で食いしん坊の仲間たちに今日は饅頭《まんじゆう》を奮発しようと思いたつ——。

かつて『しゃばけ』を読み、「変格江戸市井ものの誕生！」と共感したときのことをわたしは想起しないわけにはいかない。

本作でも、賑《にぎ》やかでのびやかな「市井もの」から、硬直した「武家もの」の滑稽《こっけい》なまでの尊大さを小気味よく撃つ、畠中恵ワールドを堪能《たんのう》した。

やはり――やはり、空気がちがう、言葉がちがう、世界がちがう、な。

本書は、二〇一九年一月に小社より刊行された
単行本を加筆修正のうえ、文庫化したものです。

つくもがみ笑《わら》います

畠中《はたけなか》 恵《めぐみ》

令和２年 ９月25日　初版発行

発行者●青柳昌行

発行●株式会社KADOKAWA
〒102-8177　東京都千代田区富士見2-13-3
電話　0570-002-301（ナビダイヤル）

角川文庫 22333

印刷所●株式会社暁印刷
製本所●株式会社ビルディング・ブックセンター

表紙画●和田三造

ISBN 978-4-04-109965-0　C0193

◇◇◇

角川文庫発刊に際して

角川源義

第二次世界大戦の敗北は、軍事力の敗北であった以上に、私たちの若い文化力の敗退であった。私たちの文化が戦争に対して如何に無力であり、単なるあだ花に過ぎなかったかを、私たちは身を以て体験し痛感した。西洋近代文化の摂取にとって、明治以後八十年の歳月は決して短かすぎたとは言えない。にもかかわらず、近代文化の伝統を確立し、自由な批判と柔軟な良識に富む文化層として自らを形成することに私たちは失敗して来た。そしてこれは、各層への文化の普及滲透を任務とする出版人の責任でもあった。

一九四五年以来、私たちは再び振出しに戻り、第一歩から踏み出すことを余儀なくされた。これは大きな不幸ではあるが、反面、これまでの混沌・未熟・歪曲の中にあった我が国の文化に秩序と確たる基礎を齎らすためには絶好の機会でもある。角川書店は、このような祖国の文化的危機にあたり、微力をも顧みず再建の礎石たるべき抱負と決意とをもって出発したが、ここに創立以来の念願を果すべく角川文庫を発刊する。これまで刊行されたあらゆる全集叢書文庫類の長所と短所とを検討し、古今東西の不朽の典籍を、良心的編集のもとに、廉価に、そして書架にふさわしい美本として、多くのひとびとに提供しようとする。しかし私たちは徒らに百科全書的な知識のジレッタントを作ることを目的とせず、あくまで祖国の文化に秩序と再建への道を示し、この文庫を角川書店の栄ある事業として、今後永久に継続発展せしめ、学芸と教養との殿堂として大成せんことを期したい。多くの読書子の愛情ある忠言と支持とによって、この希望と抱負とを完遂せしめられんことを願う。

一九四九年五月三日

角川文庫ベストセラー

つくもがみ貸します
畠中恵

お江戸の片隅、姉弟二人で切り盛りする損料屋「出雲屋」。その蔵に仕舞われっぱなしで退屈三昧、噂大好きのあやかしたちが貸し出された先で拾ってきた騒動とは!? ほろりと切なく温かい、これぞ畠中印!

つくもがみ、遊ぼうよ
畠中恵

深川の古道具屋「出雲屋」には、百年以上の時を経て妖となったつくもがみたちがたくさん! 清次とお紅の息子・十夜は、様々な怪事件に関わりつつ、幼なじみやつくもがみに囲まれて、健やかに成長していく。

ゆめつげ
畠中恵

小さな神社の神官兄弟、弓月と信行。しっかり者の弟に叱られてばかりの弓月には「夢告」の能力があった。ある日、迷子捜しの依頼を礼金ほしさについ引き受けてしまうのだが……。

まことの華姫
畠中恵

江戸両国の見世物小屋では、人形遣いの月草が操る姫様人形、お華が評判に。〝まことの華姫〟は真実を語るともっぱらの噂なのだ。快刀乱麻のたくみな謎解きで、江戸市井の悲喜こもごもを描き出す痛快時代小説。

女性作家捕物帳アンソロジー 撫子が斬る (上)(下)
選/宮部みゆき
編/日本ペンクラブ

宇江佐真理、澤田瞳子、藤原緋沙子、北原亞以子、藤水名子、杉本章子、澤田ふじ子、宮部みゆき、畠中恵、山崎洋子、松井今朝子、諸田玲子、杉本苑子、築山桂、平岩弓枝——。当代を代表する女性作家15名による、色とりどりの捕物帳アンソロジー。

角川文庫ベストセラー

鼠、江戸を疾る
赤川次郎

江戸の町で噂の盗賊、「鼠」。その正体は、「甘酒屋次郎吉」として知られる遊び人。妹で小太刀の達人・小袖とともに、次郎吉は江戸の町の様々な事件を解決する。江戸庶民の心模様を細やかに描いた時代小説。

薫風ただなか
あさのあつこ

江戸時代後期、十五万石を超える富裕な石久藩。鳥羽新吾は上士の息子でありながら、藩学から庶民も通う郷校「薫風館」に転学し、仲間たちと切磋琢磨しつつ勉学に励んでいた。そこに、藩主暗殺が絡んだ陰謀が。

雷桜
宇江佐真理

乳飲み子の頃に何者かにさらわれた庄屋の愛娘・遊(ゆう)。15年の時を経て、遊は、狼女となって帰還した。そして身分違いの恋に落ちるが——。数奇な運命を辿った女性の凛とした生涯を描く、長編時代ロマン。

営繕《えいぜん》かるかや怪異譚《かいいたん》
小野不由美

古い家には障りがある——。古色蒼然とした武家屋敷、町屋に神社に猫の通り道に現れ、住居にまつわる様々な怪異を修繕する営繕屋・尾端。じわじわくる恐怖。美しさと悲しみと優しさに満ちた感動の物語。

妻は、くノ一　全十巻
風野真知雄

平戸藩の御船手方書物天文係の雙星彦馬は藩きっての変わり者。その彼のもとに清楚な美人、織江が嫁に来た!? だが織江はすぐに失踪。彦馬は妻を探しに江戸へ向かう。実は織江は、凄腕のくノ一だったのだ!